BASTEI
LÜBBE
TASCHENBUCH

Weitere Titel des Autors:

Bürokrankheiten

Titel auch als E-Book erhältlich.

Über den Autor:

Raymund Krauleidis, geboren 1973 in Tübingen, schrieb bereits mehrere betriebswirtschaftliche Sachbücher und zwei Romane. Im Februar 2013 deckte er mit *BÜROKRANKHEITEN* die schwersten Leiden der Arbeitswelt auf. Als sein Entspannungsurlaub nach Erscheinen des Titels vom seltsamen Verhalten anderer Hotelgäste gestört wurde, machte er sich sofort an die Recherche für sein nächstes Buch.

EINLEITUNG

Vorfreude ist bekanntermaßen die schönste Freude – insbesondere auf den wohlverdienten Urlaub. Dabei ist es völlig egal, ob es an einen azurblauen Strand in der Karibik, auf einen Campingplatz an der Mosel, in eine einsame Hütte in den Bergen oder auf einen Bildungstrip ins Reich der Mitte geht: Hauptsache, weg!

Dumm nur, dass es die anderen Anwesenden, die mitreisenden Familienmitglieder, Einheimische, die Reiseleitung oder das Hotelpersonal aufgrund diverser atypischer, dysfunktionaler bzw. kontraintuitiver Verhaltensweisen immer wieder schaffen, diese Vorfreude im Laufe des Urlaubs in Frust, Aggression oder gar blinde Wut umzuwandeln.

Häufig tragen aber auch eine suboptimale Unterkunft oder die räumlichen Gegebenheiten am Ferienort dazu bei, dass sich die Erholungsuchenden während der vermeintlich »schönsten Wochen des Jahres« innerhalb kürzester Zeit nach dem stupiden (Arbeits-)Alltag zu Hause zurücksehnen.

Doch das muss nicht sein! Mit ein wenig Gelassenheit, Verständnis und interkultureller Kompetenz hält die Ferienzeit tatsächlich das, was sie verspricht: Erholung, Entspannung und Erweiterung des geistigen Horizonts.

»Die Welt ist ein Buch. Wer nie reist, sieht nur eine Seite davon«, sinnierte einst der lateinische Philosoph Augustinus von Hippo. Nach der aufmerksamen Lektüre der kommenden Seiten dürfte Ihnen demnach die Welt in ihrer Gänze zu Füßen liegen. Denn hier werden erstmals die wichtigsten Globetrotteleien zusammengetragen und dargestellt, von A wie Abschaltschwäche über M wie Meckermanie bis hin zu Z wie Zollwut – inklusive ihrer jeweiligen Erscheinungsformen, Symptome und Behandlungsmöglichkeiten sowie geeigneten Prophylaxemaßnahmen.

Mit Sicherheit finden Sie eines Ihrer eigenen Wehwehchen dabei in der ein oder anderen Globetrottelei wieder, was Sie allerdings nicht weiter beunruhigen sollte. Im Gegenteil: Schließlich sind Sie ja auch nur ein Mensch. Zudem kann es nicht schaden, das eigene (Urlaubs-)Verhalten mit all seinen kleinen oder mittelgroßen Macken einmal in aller Ruhe zu analysieren und zu überdenken – oder einfach nur lauthals über sich selbst zu lachen. Denn Lachen, das ist ja überall bekannt, ist immer noch die beste Medizin.

Natürlich erhebt das vorliegende Werk keinen Anspruch auf Vollständigkeit. Falls Sie also an sich oder Ihren Mitreisenden andere bislang unerkannte, noch nicht registrierte und katalogisierte Urlaubsleiden entdecken sollten, dürfen Sie mir diese gerne mitteilen.

Jetzt aber viel Spaß und schönen Urlaub!

INHALTSVERZEICHNIS

VORBEREITUNG UND ANREISE

COMPARATISMUS
(dt. Schwaben-Syndrom)

Beschreibung:
Verschwendung wertvoller Lebens- bzw. Arbeitszeit durch exzessives Absurfen von Buchungsportalen und Hotelbewertungsseiten

Symptome:
Reisebüro war gestern. Wer das beste Hotel zum besten Preis ergattern möchte, muss schon ein wenig mehr dafür tun, als sich von einer in die Jahre gekommenen Reiseverkehrskauffrau die Ladenhüter der Saison zu völlig überteuerten Preisen aufs Auge drücken zu lassen. Zum Beispiel muss er einen Internetbrowser bedienen können. Und von der Existenz von Portalen wie expedia.de, swoodoo.com, holidaycheck.de, tripadvisor.de, weg.de, trivago.de, opodo.de, ab-in-den-urlaub.de, travelscout24.de oder last-minute.de wissen.

In stunden- bzw. tagelangen Surforgien wird nun verglichen und gerechnet. Es werden Bewertungen gelesen, Weiterempfehlungsquoten gesammelt und Urlaubsforen bis in die letzte Unterseite studiert.

Oftmals befüllen die Betroffenen im Rahmen ihrer Recherchearbeit sogar mehrere Megabyte große Excel-Tabellen oder Access-Datenbanken. Dass die Reiseportale jedoch alle auf dieselbe Quelle zurückgreifen und die marginalen Preisunterschiede lediglich auf unterschiedliche Zimmerkategorien zurückzuführen sind, bleibt den Betroffenen ebenso verborgen wie die Tatsache, dass rund ein Drittel aller Hotelbewertungen von den Betreibern selbst verfasst wurde. Dafür haben die digitalen

Sparfüchse mehrere Wochen später endlich das gute Gefühl, ein unschlagbares Urlaubsschnäppchen ergattert zu haben.

Meistens handelt es sich dabei übrigens um dasselbe Hotel, das ihnen auch die in die Jahre gekommene Reiseverkehrskauffrau empfohlen hätte. Nur wäre es dort noch ein paar Euro günstiger gewesen ...

Behandlungsmöglichkeiten und Prophylaxe:
Zwischendurch auch mal echten Menschen und Meinungen glauben

Verwandte Krankheiten:
Naivität, Happy Holidaying, Wucher

EVENTUALGIE

(lat. malum packum, dt. Packwahn)

Beschreibung:
Blitzeis in der Sahara? Kein Klopapier im Luxushotel? Für die an Eventualgie Erkrankten sind das durchaus vorstellbare (Horror-)Szenarien. Deswegen gehen sie stets auf Nummer sicher – vor allem, wenn es um das Packen für den Urlaub geht.

Ursachen:
Wer kennt sie nicht? Die Zeitgenossen, die entweder mit vollbeladenen Anhängern und einer damit verbundenen Geschwindigkeitsbeschränkung von achtzig Stundenkilometern regelmäßig

zur Ferienzeit die Autobahnen verstopfen oder mit einem gefühlten Dutzend Koffern am Check-in-Schalter den kompletten Verkehr lahmlegen, um mit dem Bodenpersonal ausgiebig über Sinn und Unsinn der geltenden Übergepäckregelungen zu diskutieren. In beiden Fällen ist von ihrer Umwelt vor allem eins gefragt: Geduld. Und ein wenig Verständnis. Experten sind sich mittlerweile nämlich sicher, dass die Erkrankten meist nichts dafür können. Grund für ihr Verhalten ist vielmehr eine psychische Zwangsstörung. Zum Beispiel die übersteigerte Befürchtung, beim Packen nicht alles richtig gemacht zu haben, oder die Angst, dass ihnen im Urlaub etwas ganz doll Schlimmes zustoßen könnte, wenn sie nicht vorsorglich ihren kompletten Hausstand mit auf Reisen nehmen.

Erscheinungsformen:

Ich packe meinen Koffer, und ich nehme mit …

Leichte Ausprägung:

- zehn Bikinis (falls mal einer kaputtgeht)
- zwanzig Tops
- zehn kurze Hosen (für tagsüber)
- fünfzehn Blusen
- zehn lange Hosen
- zwei dünne Jacken (für abends)
- fünfzehn Paar Schuhe (farblich abgestimmt auf alle denkbaren Hosen-Top-Kombinationen)
- eine dicke Daunenjacke
- Schal und Mütze (für den Fall, dass der Flieger in Nowosibirsk zwischenlanden muss)

→ Reiseziel/-dauer: Algarve, 11 Tage

Mittlere Ausprägung:

- die eigenen Kopfkissen (falls die vom Hotel zu weich sind)
- Klappliegestuhl (falls mal alle Strandkörbe vergeben sind)
- Kaffeemaschine, Toaster und Eierkocher (falls man mal das Frühstück verschläft)
- löslichen Kaffee und Wasserkocher (falls die Kaffeemaschine kaputtgeht)
- den kompletten Inhalt des heimischen Medikamentenschranks (inkl. Malaria-Prophylaxe)

→ Reiseziel/-dauer: Norderney, eine Woche

Schwere Ausprägung:

- Werkzeugkasten
- Bohrmaschine

- Stichsäge
- Nutfräse
- Notstromaggregat

→ Reiseziel/-dauer: 5-Sterne-Wellnessurlaub in Südfrankreich, verlängertes Wochenende

Häufige Folgeschäden:
Achsbruch durch Überladung (bei Anreise mit dem PKW), Übergepäckgebühren im hohen vierstelligen Bereich (bei Anreise mit dem Flugzeug)

Behandlungsmöglichkeiten und Prophylaxe:
Mut zur Lücke!

Verwandte Krankheiten:
Pa(ck)nik, Wäschekoller

FLUGANGST

(lat. morbus aerobus)

Beschreibung:
Überzogene Skepsis gegenüber Verkehrsmitteln ohne permanente Bodenhaftung, oft in Kombination mit Schweißausbrüchen und Herzrasen

Diagnose:

Den Flugangst-Patienten erkennt man für gewöhnlich bereits beim Betreten des Flughafengebäudes, zum Beispiel an seiner unnatürlich aschfahlen Gesichtsfarbe. Am Check-in-Schalter erkundigt er sich sichtlich nervös, ob das Flugzeug auch tatsächlich ordnungsgemäß gewartet bzw. betankt wurde, und verlangt (notfalls mit Gewalt) einen Platz an einem der Notausgänge.

Nach einer kurzen Verschnaufpause in der Schlange vor der Handgepäckkontrolle nervt er die Kontrolleure wenig später mit mehrfachen Nachfragen, ob bei den beiden bärtigen Männern vor ihm wirklich keine Bombe im Handgepäck gesichtet wurde, ehe er sich anschließend im Wartebereich mit mehreren Fläschchen Klosterfrau Melissengeist oder Schnaps eindeckt. Ersteres wird in der Regel sofort einverleibt.

Schafft es der Betroffene trotz seines mittlerweile angetrunkenen Zustands an Bord, krampfen sich seine Hände bei der aufmerksamen Studie der Sicherheitsvorkehrungen dermaßen um die Armlehnen, dass für Außenstehende mitunter der Eindruck entsteht, sie wären dort für alle Zeiten festgewachsen.

In schwereren Fällen der Flugangst versucht der Erkrankte während des Startvorgangs, seiner Angst mit lautstark geäußerten Durchhalteparolen (wie »O mein Gott, wir werden alle sterben!«) Herr zu werden – sehr zum Vergnügen der ebenfalls unter Flugangst leidenden Mitreisenden an Bord.

Umgang mit den Erkrankten:

Versuchen Sie auf keinen Fall, die Erkrankten mit flotten Sprüchen wie »Es ist noch keiner oben geblieben!« oder »Runter kommen wir alle irgendwie!« zu besänftigen. Das macht die ganze Sache nur noch schlimmer. Auch zeigen sich die Flugangstpatienten häufig resistent gegenüber verkehrmittelbezogenen Unfallstatistiken und Überlebenswahrscheinlichkeitsberechnungen. Am besten lassen Sie die entsprechenden Personen einfach in Ruhe und überlassen ihnen bei Bedarf stillschweigend Ihre Brechtüte.

Behandlungsmöglichkeiten und Prophylaxe:
Flugangstseminare (in leichten Fällen), Urlaub im Teutoburger Wald (in schweren Fällen)

Verwandte Krankheiten:
Klatschspasmus, Nebenschwitzer, Reiseübelkeit

GEPÄCKABSTINENZ

(lat. borsapenie)

Beschreibung:
Zwölf Stunden Flug, null Minuten Schlaf, aber dennoch wahnsinnig glücklich. Schließlich ist man endlich am Ziel! Uuuuuuurlaub!!! Jetzt nur noch ins Hotel, die von der strapaziösen Anreise verschwitzten Klamotten wechseln und ab ins kühlende Nass! Wäre da nicht ...

Ursache:
... der bedauerliche Umstand, dass sich sämtliche Badehosen im Koffer befinden, der soeben unbeschadet in der Dominikanischen Republik gelandet ist. Blöd nur, dass sein Eigentümer

im rund 16 000 Kilometer entfernten Thailand gerade den achtundsiebzigsten Durchlauf des mittlerweile komplett leeren Gepäckbandes abwartet, ehe er endlich aufgibt und sich wutschnaubend zum »Lost-and-Found«-Schalter der zuständigen Airline begibt.

Häufige Folgeerscheinungen:
Herzrasen, Bluthochdruck, unsachliche Beleidigungen

Verbreitung:
Nach Angaben des Luftfahrtdienstleisters SITA werden jährlich rund 30 Millionen Gepäckstücke fehlgeleitet. Meistens tauchen diese nach ein bis zwei Tagen wieder auf. 700 000 Gepäckstücke verschwinden per annum jedoch auf Nimmerwiedersehen.

Kleiner Trost am Rande: Geht der Koffer verloren oder kommt verspätet an, muss die jeweilige Airline für den entstandenen Schaden aufkommen.

Behandlungsmöglichkeiten und Prophylaxe:
Packen Sie (mindestens) einen Satz Badebekleidung ins Handgepäck. Dann steht dem sofortigen Planschvergnügen auch im Notfall nichts entgegen. Eine Zahnbürste kann übrigens auch nicht schaden.

Verwandte Krankheiten:
Nudismus, Pa(ck)nik

HALS- UND BEINBRUCH

(engl. plane pain)

Beschreibung:
Durch mehrstündige Zwangsaufenthalte in Flugzeugen oder Bahnen verursachte Schäden im Knie- und Nackenbereich

Verbreitung:
Tritt hauptsächlich bei Menschen ab einer Körpergröße von ein Meter achtzig auf.

Ursachen:
Große Betroffenheit löste vor einigen Jahren der Bericht über ein nordkoreanisches Gefangenenlager aus, in dem die Insassen dazu gezwungen werden, den ganzen Tag auf engstem Raum und in einer extrem unbequemen Sitzposition auf einer Holzbank zu verbringen. Hand aufs Herz: Würden Sie sich so etwas aus freien Stücken antun? Vermutlich eher nicht.

Ähnliches tun jährlich jedoch mehrere Hundert Millionen Touristen weltweit, indem sie sich bewusst für eine Anreise ans weit entlegene Urlaubsziel per Bahn oder Flugzeug entscheiden. Dabei werden sie von sadistischen Verkehrsunternehmen in viel zu enge und zum Teil bereits bis auf die Federn abgesessene Sitze gepfercht, deren Rückenlehnen von der Höhe her bestenfalls für Grundschulkinder geeignet sind. Ähnlich verhält es sich mit dem Abstand zur Vorderreihe, der nicht einmal Kleinwüchsigen genügend Raum zur persönlichen Entfaltung gibt.

Die dramatischen Folgen dieser teils unmenschlichen Tortur: kaputte Kniescheiben und verrenkte Halswirbel, von einem quälenden Ganzkörpermuskelkater sowie extremem Schlafmangel (hauptsächlich bei Nachtflügen bzw. -fahrten) einmal abgesehen. Entspannt ankommen geht definitiv anders.

Häufige Folgeerscheinungen:
Im Gegensatz zu einem Gefangenenlager können die Betroffenen nicht darauf hoffen, dass ihnen Amnesty International zu Hilfe eilt oder sie von Unterhändlern freigekauft werden. Stattdessen berappen die Reisenden zumeist selbst ein halbes Vermögen für ihren Horrortrip.

Behandlungsmöglichkeiten und Prophylaxe:
Für den schmalen Geldbeutel: Knieschoner, Nackenhörnchen
Für den prallen Geldbeutel: Upgrade in die Business- oder Firstclass

Verwandte Krankheiten:
Flugangst, Restless-Kids-Syndrom

HAPPY HOLIDAYING
(dt. Vorfreude, lat. gaudiom nervosa)

Beschreibung:
Extreme Glücksgefühle nach erfolgreichem Abschluss der Urlaubsplanungsphase

Symptome:
Sobald Flug und Hotel gebucht sind, rennen die Betroffenen mit einem breiten Dauergrinsen durch die Gegend und erzählen ungefragt allem und jedem, wohin die Reise geht und dass sie es kaum noch erwarten können – selbst wenn sie sich bis dahin noch mehrere Monate durch den zermürbenden Alltagstrott in der kalten und grauen Heimat kämpfen müssen. Um ihrer Vorfreude zusätzlichen Ausdruck zu verleihen, arbeiten sie auch mit Maßbändern, die sie in ihren Schreibtischschubladen aufbewahren und vor Beginn eines jeden Arbeitstages um einen Zentimeter (bzw. montags um drei) kürzen.

Doch je näher sie dem Ende des Maßbands kommen, desto mehr verflüchtigt sich die Vorfreude und weicht anderen, zum Teil eher unschönen Gefühlszuständen. Beispielsweise Panik, weil man es aufgrund der angespannten Projektsituation im Büro immer noch nicht geschafft hat, neue Badebekleidung oder Sonnencreme zu kaufen.

Wissenschaftlich belegt wurde dieses »Vorurlaubsleiden« übrigens durch den holländischen Tourismuswissenschaftler Jeroen Nawijn von der Erasmus-Universität in Rotterdam. Bei einer Befragung von 1500 Probanden stellte sich heraus, dass diejenigen, die eine Reise gebucht hatten, bereits Monate vor dem Urlaub wesentlich glücklicher waren als die Zuhausebleiber. Allerdings hielt der Erholungseffekt nach dem Urlaub meist nur wenige Arbeitstage an.

Zu ähnlichen Ergebnissen kam auch Nawijns Kollege Leigh Thompson von der Kellogg School of Management in Evanston (Illinois). Allerdings brachte seine Studie aus dem Jahr 1997 zutage, dass die meisten Urlauber während der Reise (und nicht etwa davor oder danach) am unzufriedensten sind. Zum einen zeigten sich die Testpersonen genervt von ihren Miturlaubern oder den angebotenen Aktivitäten, zum anderen störte sie der Druck, sich binnen weniger Tage zwanghaft erholen zu müssen.

Behandlungsmöglichkeiten und Prophylaxe:
Von einer Behandlung ist in diesem Fall ausnahmsweise abzusehen. Genießen Sie stattdessen das Glücksgefühl unmittelbar nach der Urlaubsbuchung. Danach geht es nur noch bergab.

Verwandte Krankheiten:
Comparatismus, Disharmonie, Post-Holiday-Syndrom

INDIVIDUALISMUS
(it. vacanze suicidale)

Beschreibung:
Notorische Ablehnung von Pauschaltourismus und landläufig anerkannter Urlaubsgebiete, häufig einhergehend mit einer latenten Suizidgefahr, die die Betroffenen selbst jedoch als »Abenteuerlust« bezeichnen

Symptome:
Balearen, Kanaren oder die Karibik? Nein, danke! Dann doch lieber Afghanistan, Syrien oder der Jemen. So lautet zumindest das Credo der an diesem Reiseleiden erkrankten Mitmenschen.

Bei der Urlaubsvorbereitung verbringen sie mitunter Stunden auf der Internetseite des Auswärtigen Amtes, um dort die

aktuell gefährlichsten Regionen der Welt ausfindig zu machen. Länder, für die lediglich ein Reise- oder Sicherheitshinweis besteht, werden dabei von vornherein aussortiert. Eine ausgewachsene Reisewarnung muss es schon sein! Schließlich vermittelt ihnen eine solche das gute Gefühl, der einzige Bescheuerte aus dem Bekannten-, Freundes- oder Familienkreis zu sein, der sich dorthin traut – von den unfassbar günstigen Flügen zu diesen Destinationen einmal ganz zu schweigen …

Weitere Einsparpotenziale werden häufig dadurch ausgeschöpft, dass die Erkrankten das Urlaubsland ihrer Wahl zu Fuß bzw. per Autostopp (falls es in dem Land so etwas wie Straßen gibt) erkunden, während sie die Nächte bevorzugt in Zelten, Bunkern oder Schützengräben verbringen.

Kehren die Individualisten wider Erwarten doch wieder lebend in die Heimat zurück, verbringen sie die ersten Wochen nach ihrer Reise in der Regel auf der Quarantänestation der nächstgelegenen Tropenklinik. Impfen ist schließlich nur was für Weicheier.

Behandlungsmöglichkeiten und Prophylaxe:
Geiselhaft

Verwandte Krankheiten:
Experimentierfreude

KLATSCHSPASMUS
(engl. clap depp)

Beschreibung:
Leider immer noch nicht ausgestorbene Unsitte, nach der Landung in frenetischen Jubel auszubrechen

Diagnose:
Das geschulte Auge erkennt die Erkrankten bereits während des Flugs am exzessiven Konsum von Tomatensaft.

Krankheitsverlauf:
Und alle so: »YEAH!!!«

Ursache:
Entgegen der landläufigen Meinung, dass das Applaudieren als Anerkennung für die außergewöhnlichen Dienste des (Auto-) Piloten zu verstehen ist (schließlich haben beide ihren Job richtig gemacht), erklären Psychologen diese mitunter etwas peinliche Verhaltensweise anders. Vielmehr gehe es den Betroffenen demnach darum, ihre Erleichterung über das schadlose Bestehen einer – zumindest subjektiv wahrgenommenen – lebensbedrohlichen Situation zum Ausdruck zu bringen. Ob es sich dabei um den Flug an sich oder die mit undefinierbarer Pampe befüllten Aluschälchen aus der sogenannten Bordküche handelt, lassen die Psychologen in ihren Ausführungen leider offen.

Bevorzugter Urlaubsort:
Balearen (Charterflug)

Behandlungsmöglichkeiten und Prophylaxe:
Bruchlandung

Verwandte Krankheiten:
Flugangst

LEISURE SICKNESS

(dt. Entspannungsinsuffizienz)

Beschreibung:

Endlich Urlaub!, denken sich die Betroffenen. Blöderweise denkt sich das ihr Immunsystem auch. Die Folgen: Pünktlich mit dem Beginn der lang ersehnten Ferien liegen sie plötzlich ernsthaft erkrankt danieder.

Verbreitung:

Laut einer Studie der niederländischen Universität Tilburg leiden ungefähr drei Prozent der mitteleuropäischen Bevölkerung an der sogenannten »Freizeitkrankheit«, die bevorzugt Berufstätige (unabhängig von Alter und Geschlecht) im Urlaub oder an Wochenenden befällt.

Symptome:

Das volle Programm: Müdigkeit, Kopf- und Gliederschmerzen, Fieber. Mitunter kann es auch mal eine Magen-Darm-Infektion oder die besonders bei Flugreisenden sehr unbeliebte Mittelohrentzündung sein.

Ursachen:

Stellen Sie sich vor, Sie wären mit dem Auto unterwegs und würden bei einer Geschwindigkeit von hundertachtzig Stundenkilometern ruckartig vom fünften in den ersten Gang schalten. Was würde wohl passieren? Richtig, Ihnen würde höchstwahrscheinlich das Getriebe um die Ohren fliegen.

So ähnlich ist es bei der Leisure Sickness auch. Nur dass Sie das Auto sind, Ihr Immunsystem das Getriebe und das fast schon übermenschliche Stresslevel im Job der eingelegte Gang mit der entsprechenden Geschwindigkeit.

Behandlungsmöglichkeiten und Prophylaxe:
Am besten bereits ein bis zwei Wochen vor Urlaubsbeginn mit dem Entschleunigungsprozess beginnen. Machen Sie beispielsweise schon um 20.00 Uhr Feierabend, oder gehen Sie ausnahmsweise erst um sieben in der Früh ins Büro. Die neu gewonnene Freizeit können Sie dann für autogenes Training nutzen. Oder fürs Kofferpacken – damit Sie nicht schon wieder erst damit anfangen, wenn das Taxi zum Flughafen bereits hupend vor der Tür steht.

Verwandte Krankheiten:
Asiaitis

MAMANOM

(lat. materose vacancis)

Beschreibung:
»Und klingelt mal kurz durch, wenn ihr gut im Hotel angekommen seid!«

Häufige Folgeerscheinungen:

Gesprächsdauer:	5:26 Minuten
Kosten:	13,28 Euro
Informationsgehalt:	null

Wird der Anruf hingegen vergessen oder »vergessen«, kommt es bisweilen zu besorgten Anfragen beim Auswärtigen Amt oder Vermisstenanzeigen bei den lokalen Polizeibehörden.

Behandlungsmöglichkeiten und Prophylaxe:
Auch mal Nein sagen. Zur Not gibt es immer noch SMS oder E-Mail. Zumindest bei modernen Müttern.

Verwandte Krankheiten:
Souvenirie

NAIVITÄT
(lat. morbus tui)

Beschreibung:
Unerschütterlicher Glaube an die Ehrlichkeit von Reiseveranstaltern

Behandlungsmöglichkeiten und Prophylaxe:
Aufklärung

Erscheinungsformen:
- *»Kurzer Transfer zur Unterkunft«* → Unbedingt Ohropax mitnehmen! Das Hotel liegt schlimmstenfalls direkt an der Start- und Landebahn des Flughafens. Mit etwas Glück auch ein bis zwei Kilometer daneben.
- *»Zentral gelegenes Hotel«* → Unbedingt Schlaftabletten mit-

nehmen! Die Absteige befindet sich entweder an einer Hauptstraße oder inmitten der hiesigen Vergnügungsmeile.

– *»Aufstrebender Ferienort«* → Sie können Ihren Wecker ruhigen Gewissens zu Hause lassen. Diese Aufgabe übernimmt ab spätestens 8.00 Uhr die Abrissbirne gegenüber.

– *»Ruhige Lage«* → Herzlich willkommen am Arsch der Welt!

– *»Direkt am Meer«* → Der dünne blaue Strich am Horizont könnte mit viel Glück eventuell Wasser sein . . .

»Unaufdringlicher Service« → Kümmern Sie sich gefälligst selbst um Ihren Kram! Das Hotelpersonal wird es bestimmt nicht tun.

– *»Internationale Atmosphäre«* → Beliebtes Hotel für Kegelklubs und trinkfreudige Russen oder Engländer.

– *»Landesübliche Ausstattung«* → Matratze und Plumpsklo sind vorhanden. In besser betuchten Regionen häufig auch Fenster und eine Etagendusche.

– *»Kontinentales Frühstück«* → Trockenes Brot und Kaffee. Optional auch Tee oder lauwarmes Leitungswasser.

– *»Touristisch gut erschlossen«* → Willkommen in der Bettenburg!

- *»Naturbelassener Strand«* → Nette Umschreibung für mangelhafte Müllentsorgung. Aber Abfälle, Glasscherben und Fäkalien gehören schließlich auch irgendwie zur Natur.
- *»Regelmäßiges Unterhaltungsprogramm«* → Einmal im Monat kommt der Drehorgelmann.

Verwandte Urlaubsleiden:
Comparatismus, Meckermanie

NEBENSCHWITZER
(lat. transpiratose vicinis)

Beschreibung:
Schwerwiegende Geruchsbelästigung infolge unreinlicher Sitznachbarn, vielfach in Kombination mit Knoblauch-, Nikotin- oder Alkoholausdünstungen

Verbreitung:
Kommt insbesondere auf Langstreckenflügen oder in Zügen des Fernverkehrs vor.

Symptome:
Atemnot, Brechreiz, Kreislaufprobleme

Rechtliche Beurteilung:
Stinkende Fluggäste dürfen aufgrund ihres extremen Körpergeruchs vor dem Start aus dem Flugzeug geworfen werden. Das

entschied das Oberlandesgericht Düsseldorf in einem Urteil vom 31.01.2007 (Aktenzeichen I-18 U 110/06). Schließlich sei es durchaus denkbar, dass ein Fluggast so penetrant rieche, »dass die von ihm ausgehende Geruchsbelästigung für die anderen Passagiere nicht mehr zumutbar« sei. Bei besagtem »Stinker«, der ursprünglich von Hawaii nach Düsseldorf reisen wollte, handelte es sich übrigens um einen Rechtsanwalt ...

Behandlungsmöglichkeiten und Prophylaxe:
Atemschutzmaske, Platzwechsel

Verwandte Krankheiten:
Flugangst, Vortranspiration

PA(CK)NIK

(lat. dementia ferii)

Beschreibung:
Das ungute Gefühl, irgendetwas Wichtiges vergessen zu haben. Tritt vorwiegend auf dem Weg zum Reiseziel auf.

Symptome:
Unterhose zum Wechseln? Check.
T-Shirts und Badebekleidung? Check.
Geldbeutel? Check.
Reiseunterlagen und Pässe? Check.
Kontaktlinsenpflegemittel? Check.

Sonnencreme? Check.
Was zum Lesen? Check.
Schraubenzieher und Kabelbinder (für Notfälle)? Check.
Kondome? Check. Apropos Kondome ...

Häufige Folgeerscheinungen:
»Schatz, wo bist du? Schatz?? Schaaaahhhaaaaaaaaatz???«

Behandlungsmöglichkeiten und Prophylaxe:
http://www.urlaubs-checkliste.de

Verwandte Krankheiten:
Eventualgie, Homesickness, Ferigesslichkeit

REISEÜBELKEIT
(engl. motion sickness)

Beschreibung:
Bei längeren Autofahrten, Flügen oder Schiffsreisen auftretendes Unwohlsein

Ursachen:
Bei allen genannten Reiseformen wirken – je nach Fahrtstil, Luftlochlage oder Wellengang – verschiedenste Beschleunigungskräfte auf den Gleichgewichtssinn im Innenohr ein. Dieser teilt dem Gehirn deshalb folgerichtig mit: »Keine Ahnung, wie, aber wir bewegen uns!«

Sind die Augen jedoch gerade anderweitig beschäftigt und bekommen infolgedessen nichts von der Bewegung mit, melden sie der Schaltzentrale im Oberstübchen exakt das Gegenteil.

Und genau hier liegt das Problem: Da das menschliche Gehirn nicht in der Lage ist, zwei gleichzeitig eintreffende, widersprüchliche Reizsignale ordnungsgemäß zu verarbeiten, reagiert es mit einer Fehlermeldung – der sogenannten Reiseübelkeit (bisweilen auch »Seekrankheit« genannt).

Symptome:
Oft beginnt die Reiseübelkeit relativ harmlos mit häufigem Gähnen. Anschließend folgen Schweißausbrüche, Übelkeit und Erbrechen. In besonders schlimmen Fällen ist sogar ein Kreislaufkollaps möglich.

Behandlungsmöglichkeiten und Prophylaxe:
Bei Autofahrten: Während der Fahrt niemals lesen! Schauen Sie stattdessen lieber nach vorne. Hilft das alles nichts, übernehmen Sie am besten selbst das Steuer. Denn: Dem Fahrer selbst wird niemals übel.
Bei Flugreisen: Übernehmen Sie im Cockpit bitte nur, wenn Sie auch die entsprechende Ausbildung dafür haben. Gönnen Sie sich stattdessen lieber eine Runde Schlaf. Dann schaltet das Innenohr nämlich auf »Schlafmodus«.
Bei Schiffsreisen: Halten Sie sich ausschließlich an Deck auf, und konzentrieren Sie sich auf einen Punkt am Horizont. In absoluten Notfällen gilt: Immer in Richtung »Lee« kotzen (also mit dem Wind).

Verwandte Krankheiten:
Flugangst, Staulunge

STAULUNGE

(lat. pneumogazoliose, gr. asthma exodos)

Beschreibung:
Leichte bis mittelschwere Atemprobleme durch Überdosierung von Kohlenmonoxid, Benzol und Dieselruß

Verbreitung:
Tritt insbesondere bei PKW-Reisenden zu Beginn der Sommerferien auf.

Ursachen:
Wieso wertvolle Ferienzeit verschenken? Die Betroffenen packen bereits am Vorabend des letzten Schultages all die für die Reise notwendigen Habseligkeiten in den Wagen, um die Sprösslinge nach dem Verklingen des finalen Pausengongs nur noch einsammeln zu müssen, ehe es auf direktem Weg in Richtung Urlaubsort geht.

Das Problem an der Sache: Dieselbe Idee hatten hunderttausend andere Eltern schulpflichtiger Kinder auch. Ein Umstand, der einem zügigen Vorankommen auf Deutschlands Straßen tendenziell eher hinderlich ist.

Mitunter verbringen die Betroffenen sogar mehrere Stunden in unmittelbarer Sichtweite ihres Heimatortes, bevor sich die Stausituation endlich ein wenig entspannt und der Reisetross in Schrittgeschwindigkeit vorankriecht – um wenige Kilometer später erneut zum Stehen zu kommen.

Dabei scheint es sich leider noch nicht überall herumgesprochen zu haben, dass es für alle Beteiligten besser ist, den Motor während längerer Standphasen abzuschalten und die fehlende Klimaanlage (sofern vorhanden) durch das geöffnete Fenster zu ersetzen.

An der Staulunge Erkrankte erkennt man für gewöhnlich an ihren älteren PKW-Modellen, deren Heck oft nur noch von »Atomkraft? Nein, danke!«- und »Ich bremse auch für Tiere«-Aufklebern notdürftig zusammengehalten wird.

Mögliche Begleiterscheinungen:
Neben der schlechten Atemluft machen den Autofahrern regelmäßig auch quengelnde Kinder auf der Rückbank, bis zum Bersten gefüllte Blasen sowie der zwanghafte Blick auf die

sukzessive absinkende Tanknadel zu schaffen. Kommen sie dennoch eines Tages am Urlaubsort an, fühlen sie sich müde, schlapp und urlaubsreif. Bis zur Rückreise klingen diese Symptome jedoch meistens wieder halbwegs ab.

Behandlungsmöglichkeiten und Prophylaxe:
Antizyklisch fahren! Zum Beispiel in den frühen Morgenstunden oder spätabends. Von den bedeutend leereren Straßen abgesehen, besteht zu diesen Zeiten auch eine realistische Chance, dass die Kinder auf dem Rücksitz für ein paar Stunden die Klappe halten und schlafen.

Verwandte Krankheiten:
Camping, Reiseübelkeit

VORTRANSPIRATION
(lat. hyperhidrosis vacancis)

Beschreibung:
Durch die zu erwartenden Temperaturen am Ferienort hervorgerufene Schweißausbrüche, regelmäßig in Kombination mit nachgelagerten Erkältungsbeschwerden und Frostbeulen

Ursachen:
Kinder, ist das heiß! Das behauptet zumindest der Wetterbericht, mit dessen Hilfe sich die Betroffenen kurz vor der Abreise und mit vorfreudigen Schweißperlen auf der Stirn über die aktuellen

klimatischen Gegebenheiten am Urlaubsort informieren (siehe auch *Wetterappismus*). Dass es aber zu Hause gerade Dezember ist und sich die Temperaturen eher im negativen Bereich bewegen, scheinen sie komplett auszublenden.

Somit ist es für sie die natürlichste Sache der Welt, am Abreisetag bei eisigen -5 Grad Celsius lediglich mit T-Shirt, kurzen Hosen und Flip-Flops bekleidet in Richtung Flughafen aufzubrechen. In wenigen Stunden brutzeln sie schließlich unter der karibischen Sonne – da wäre winterliche Bekleidung so was von unangebracht ...

Diagnose:
Am Urlaubsziel angekommen, erkennt man die Vorschwitzer an ihren blau-rot gefärbten Extremitäten sowie einem starken Ganzkörperzittern. Verstärkt werden diese Symptome, wenn es das Flugzeugpersonal bei der Einstellung der Klimaanlage wieder einmal etwas übertrieben hat (also in rund 90 Prozent aller Fälle). Mitunter wird dieses Leiden deshalb auch »Flugschnupfen« genannt.

Im Hotel trifft man die Betroffenen während der ersten drei bis sechs Urlaubstage krankheitsbedingt nur sehr selten außerhalb ihres Hotelzimmers an.

Behandlungsmöglichkeiten und Prophylaxe:
Vorbeugende Maßnahmen: Vernünftige Bekleidung bei der An- und Abreise
Nachsorge: Heißer Tee und viel Vitamin C

Verwandte Krankheiten:
Nebenschwitzer, Seminudismus

WETTERAPPISMUS

(lat. informatosis meteorologae)

Beschreibung:

Wie dort gerade das Wetter ist, fragst du? Willste mal sehen?

Symptome:

Die an diesem (Vor-)Reiseleiden erkrankten Personen zeichnen sind durch eine mehr oder weniger stark ausgeprägte Technikaffinität aus. Immerhin sind sie in der Lage, ein Smartphone zu bedienen und eine Wetter-App herunterzuladen. Oder zwei. Oder drei …

Als erste Amtshandlung nach der Buchung der kommenden Reise speichern sie das auserwählte Ferienziel in sämtlichen Applikationen als Favorit ab. Zum einen, um Freunde, Bekannte und Kollegen regelmäßig darüber in Kenntnis zu setzen, dass es in Thailand gerade über 30 Grad Celcius warm ist (bei strahlendem Sonnenschein), während Deutschland einmal mehr in Regen und Nebel versinkt.

Andererseits dient der tägliche Blick auf die Wetter-App(s) natürlich auch der Selbstmotivation. Immerhin gilt es bis zum Reisebeginn noch fast sechs Monate im tristen Europa zu überstehen.

Häufige Folgeerscheinungen am Urlaubsort:

Wolkenbruch. Was musste man auch ausgerechnet zu Beginn der Regenzeit nach Asien aufbrechen?

Behandlungsmöglichkeiten und Prophylaxe:
Vor der Buchung: Klimatabellen studieren oder jemanden fragen, der sich mit Wetter auskennt. Insbesondere, wenn die Reisepreise in bestimmten Monaten auffällig einbrechen.
Nach der Buchung: Einfach mal überraschen lassen ...

Verwandte Krankheiten:
Dia-Röh, Vortranspiration

WUCHER
(lat. monetapenie)

Beschreibung:
Gelebte Marktwirtschaft in der Tourismusbranche

Symptome:
1.) Hotel Playa Palma Beach Resort & Spa ★★★★, Verpflegungsart: All inclusive
Zimmertyp: Deluxe (mit Meerblick und ca. 25 m² Terrasse)
Reisezeit: 1. Juni bis 15. Juni
Reisepreis pro Person: 849,– Euro
2.) Hotel Playa Palma Beach Resort & Spa ★★★★, Verpflegungsart: Übernachtung/Frühstück
Zimmertyp: Eco (Landseite, ohne Balkon)
Reisezeit: 1. August bis 15. August
Reisepreis pro Person: 1569,– Euro

Häufige Folgeerscheinungen:
Kontostände im tiefroten Bereich, schlechte Laune

Behandlungsmöglichkeiten und Prophylaxe:
Für Paare ohne schulpflichtige Kinder: Urlaubsreisen innerhalb der Sommerferienzeit tunlichst vermeiden!
Für Paare mit schulpflichtigen Kindern: Urlaubsreisen innerhalb der Sommerferienzeit tunlichst vermeiden! Lassen Sie Ihren Nachwuchs einfach zu Hause, oder parken Sie ihn bei den Großeltern oder anderen Verwandten zwischen. Abgesehen von den Kosten, nörgeln die undankbaren Blagen im Urlaub eh nur an allem herum.

Verwandte Krankheiten:
Comparatismus, Restless-Kids-Syndrom, Spendierlaune

IN DER UNTERKUNFT

ANIMIE

(lat. spectaculose ridiculus)

Beschreibung:

Durch aufdringliche Animateure, nervige Trendsportarten und Zwangsbeschallung hervorgerufener Urlaubsstress

Verbreitung:

Kommt überdurchschnittlich oft in Klubhotels oder auf Kreuzfahrtschiffen vor.

Krankheitsverlauf:

09.00 Uhr: Beginn des Animationsprogramms mit dem hauseigenen Clubtanz (»Heyhey, hoho! Everybody clap your hands ...«)

09.30 Uhr:	Early Morning Aqua Gym
10.00 Uhr:	Schnupperkurs Wakeboarding
11.00 Uhr:	Crossboule c^3 am Strand (früher megauncool »Boccia« genannt)
12.00 Uhr:	Abschluss des Vormittagsprogramms mit dem hauseigenen Klubtanz (»... and right and left and turn around ...«)
12.05 – 12.59 Uhr:	Pause
13.00 Uhr:	Beginn des Nachmittagsprogramms mit dem hauseigenen Klubtanz (»... forwards, backwards, sidewards, JUMP ...«)
13.15 Uhr:	Bogenschießen
14.00 Uhr:	Power Pilates
15.00 Uhr:	Dreikampf im großen Schwimmbecken (Wettrutschen, Luftmatratzenrallye, Schwimmnudelweitwurf)
16.00 Uhr:	Beachvolleyball mit anschließender Strandpolonaise
17.00 – 20.59 Uhr:	Dusch- und Essenspause (ohne Betreuung!)
21.00 Uhr:	Beginn der Abendanimation im hoteleigenen Amphitheater (wahlweise Bingo, Karaoke oder ein von den Hotelangestellten selbst inszeniertes und dargebotenes lustiges Theaterstück)
23.00 Uhr:	Feierliche Siegerehrung des nachmittäglichen Dreikampfs
23.15 Uhr:	Abschluss der Abendanimation mit dem hauseigenen Klubtanz (»Heyhey, hohoooooooo! Gute Nacht und bis morgen früh um neun ...«)

Häufige Folgeerscheinungen:
Muskelkater, Verblödung und Ohrwurmbefall durch grenzdebile Klubsongs

Behandlungsmöglichkeiten und Prophylaxe:
Achten Sie bei der Auswahl Ihrer Unterkunft unbedingt auf Formulierungen wie »unaufdringliche Animation« oder »ruhiges Hotel«. Letztere kann jedoch auch andere Gefahren mit sich bringen (siehe *Naivität*).

Verwandte Krankheiten:
Sommershit, Sportwahn

BEISCHLAFLOSIGKEIT

(lat. insomnia copularae)

Beschreibung:
Durch sexuell überaktive Zimmernachbarn herbeigeführte Schlaflosigkeit

Ursache:
Quietschende bis hämmernde Bettgeräusche in Kombination mit stark vokallastigem Gestöhne (»Ooooohhh«, »Aaaaahhh«, »Uuuuhhhh«) von oben, unten, rechts oder links. In billigen Unterkünften gerne auch von allen Seiten gleichzeitig.

Häufige Folgeerscheinungen:
Aggression, Wut, sexueller Frust – insbesondere bei Alleinreisenden oder langzeitverheirateten Paaren

Behandlungsmöglichkeiten und Prophylaxe:
Bei Singles: Ohropax
Bei Paaren: Gegenhalten!

Verwandte Krankheiten:
Einzelbettfrust, Vögelgrippe, Zeugungswahn

CAMPING

(lat. habitiasis mobile, dt. Niederländisches Gebrechen)

Beschreibung:
My home is my castle

Verbreitung:
In Deutschland leiden heute etwa 16 Prozent der Bevölkerung an Camping. In westlich angrenzenden Nachbarländern ist der Anteil sogar noch deutlich höher.

Ursache:
Camping-Urlauber sind Gewohnheitstiere und fühlen sich in ihrer angestammten Umgebung am wohlsten. Deshalb würden sie, wenn es auf Reisen geht, am liebsten gleich ihr ganzes Zuhause inklusive allen dazugehörigen Einrichtungsgegenständen

mitnehmen. Da das lange Zeit nicht umsetzbar war, dachte sich der deutsche Erfinder Arist Dethleffs im Jahre 1931 etwas ganz Tolles aus: das Wohnauto. Dabei handelte es sich um eine auf die wesentlichen Elemente reduzierte Kopie der eigenen vier Wände, die von einem handelsüblichen Personenkraftwagen bewegt werden konnte.

Der Rest ist Geschichte: Ein Jahr später wurde die Anhängerkupplung erfunden, Arist Dethleffs verdiente sich ein goldenes Näschen, und immer mehr Deutsche (sowie später auch Holländer) verstopften in den darauffolgenden Jahrzehnten mit seinen Vehikeln – heute besser als »Wohnwagen« oder »Caravan« bekannt – die Autobahnen Europas, vorrangig der Bundesrepublik.

Der Vorteil an Dethleffs revolutionärer Idee liegt für die Gewohnheitstiere auf der Hand: Statt sich mühevoll mit einem unbekannten Hotelzimmer, fremd riechender Bettwäsche oder ungewohnten Möbelstücken anfreunden zu müssen, können sie ihr Miniaturzuhause nunmehr (fast) überallhin mitnehmen. Nicht selten entsprechen dabei sogar Details wie Auslegewaren, Vorhänge, Bilder oder die Anordnung der Lebensmittel im Kühlschrank exakt den Gegebenheiten in ihrer »richtigen« Wohnung.

Diese Spießigkeit würden sich die Betroffenen allerdings niemals eingestehen. Stattdessen schwärmen sie von der enormen Flexibilität sowie vom Abwechslungsreichtum, die diese Reiseform mit sich bringt. Und von den weitaus geringen Kosten im Vergleich zu einem völlig überteuerten Hotelurlaub. Derzeit ist ein neuer Wohnwagen schon ab ca. 20 000 Euro zu haben.

Bevorzugte Reiseziele:
Bodensee, Lago Maggiore, Adriaküste

Behandlungsmöglichkeiten und Prophylaxe:
Gewöhnen Sie sich schrittweise um! Legen Sie als Einstieg die Wurst einfach einmal in das obere Fach des Wohnwagenkühlschranks und nicht wie zu Hause in das untere.

Verwandte Krankheiten:
Eventualgie, Heimweh, Neophobie, Staulunge

DESORIENTIERUNG

(lat. perplexose localis)

Verbreitung:
Tritt vorwiegend zu Beginn des Urlaubs in weitläufigen Hotelanlagen (»Bettenbunkern«) auf

Beschreibung:
»Ihr Zimmer finden Sie ganz einfach: Sie gehen jetzt hier links am Empfang vorbei und dann geradeaus über die Brücke bis zur Bar. Dort mit dem mittleren Aufzug in die achte Etage. Anschließend zweimal rechts, einmal links und immer geradeaus bis zum Treppenhaus. Hier bitte halblinks halten und sofort rechts abbiegen. Im zweiten Mittelgang ist es dann schon die vierte Tür auf der rechten Seite. Einen angenehmen Aufenthalt!«

Symptome:
Hä?

Häufige Folgeerscheinung:
Panisch umherirrende Touristen, amüsierte Hotelangestellte

Behandlungsmöglichkeiten und Prophylaxe:
In den meisten Fällen legt sich die Desorientierung nach zwei bis drei Urlaubstagen von ganz alleine. Zum Beispiel indem die Betroffenen durch Zufall bemerken, dass es vom Empfang aus rechts weitaus einfacher und ungefähr doppelt so schnell zum Zimmer geht. Oder einfach immer dem Zimmernachbarn hinterherlaufen.

Verwandte Krankheiten:
Neophobie

DUSCHBRAND

(lat. lenorapenie)

Beschreibung:

Durch bretthart Hand- und Badetücher hervorgerufene Verletzungen der oberen Hautschichten

Ursachen:

Mit täglichem Waschen einhergehende Materialermüdung, fehlender Weichspüler, defekte oder verkalkte Waschmaschinen. Angeblich verzichten insbesondere Unterkünfte im Ein- bis Zwei-Sterne-Segment gerne komplett auf eine fachkundige Reinigung und legen die gebrauchten Frottierwaren stattdessen einfach für ein paar Stunden ins salzige Meerwasser. Das würde zumindest den strengen Geruch der angeblich frischen Hand- oder Badetücher in einigen Unterkünften erklären.

Behandlungsmöglichkeiten und Prophylaxe:

Lassen Sie Ihren frischgeduschten Körper auf dem Balkon von der warmen Sommerbrise trocknen. Falls die Klimaanlage wieder einmal nicht funktionieren sollte, geht das selbstverständlich auch im Zimmer. Die Handtücher können Sie derweil sinnvoll zweckentfremden, beispielsweise als Hornhautraspel oder Peeling-Handschuh. In (buchstäblich) hartnäckigeren Fällen eignen sie sich auch prima als Ersatz für zu Hause vergessene Nagelfeilen.

Verwandte Krankheiten:

Annekterie, Umweltschmutz

EINZELBETTFRUST

(lat. coitus interruptus)

Beschreibung:

Urlaub! Endlich Zeit für gemeinsame Stunden voller Erotik und ohne störenden Alltagsstress! Wäre da nicht der unglückliche Umstand, dass das Hotelzimmer lediglich mit zwei nicht verbundenen Einzelbetten ausgestattet ist . . .

Symptome:

Negative Beeinträchtigung des friedlichen und harmonischen Ein- und Beischlaferlebnisses

Rechtliche Beurteilung:

Die Verhinderung der ehelichen Beischlafpflicht ist kein Mangel, der eine Minderung des Reisepreises rechtfertigt. Dies entschied zumindest das Amtsgericht Mönchengladbach in einem Urteil vom 25. 04. 1991 (Aktenzeichen 5a C 106/91). Der Kläger monierte unter anderem den Umstand, dass die notdürftig zusammengerückten Betten beim Intimverkehr auf den rutschigen Fliesen ständig auseinandergerutscht seien.

Dass das Gericht die Klage abwies, lag zum einen daran, dass der Kläger nicht ausreichend erläutert habe, »welche besonderen Beischlafgewohnheiten er hat, die festverbundene Doppelbetten voraussetzen«. Den Richtern selbst seien »mehrere allgemein bekannte und übliche Variationen der Ausführung des Beischlafs bekannt, die auf einem einzelnen Bett ausgeübt werden können, und zwar durchaus zur Zufriedenheit aller Beteiligten«.

Darüber hinaus hätte der Kläger das Auseinanderrutschen der beiden Einzelbetten problemlos selbst beheben können. Beispielsweise indem er die Bettrahmen mithilfe einer Schnur zusammenbindet. »Bis zur Beschaffung dieser Schnur hätte sich der Kläger beispielsweise seines Hosengürtels bedienen können, denn dieser wurde in seiner ursprünglichen Funktion in dem Augenblick sicher nicht benötigt.«

Behandlungsmöglichkeiten und Prophylaxe:
Kamasutra. Für weitergehende Fragen wenden Sie sich bitte vertrauensvoll an das Amtsgericht Mönchengladbach.

Verwandte Krankheiten:
Beischlaflosigkeit, Überbuchung, Zeugungswahn

GERMAN ANGST

(gr. teutoriasis nervosa)

Beschreibung:
Unangenehmes Gefühl bei der Anwesenheit deutscher Feriengäste, befällt nahezu ausschließlich Urlauber aus anderen Ländern

Ursachen:
Es gibt Dinge, die deutsche Touristen ziemlich gut können. Zum Beispiel furzen. Behaupten zumindest die Russen. Oder Liegen reservieren und den ganzen Strand mit Sandburgen zupflastern. Sagen die Engländer. Eine türkische Zeitung attestierte den Deutschen darüber hinaus, dass sie sich jeden Tag betrinken, bis »die Nase rot ist«, wohingegen die Holländer sie primär als dick, laut und arrogant beschreiben. Alles in allem ist der Ruf der deutschen Urlauber also nicht unbedingt der Beste, was sie selbst

natürlich überhaupt nicht nachvollziehen können und verständlicherweise rundherum verleugnen. Schuld an den diversen Problemchen, die aus dem zwangsläufigen Zusammenleben auf engstem Hotel- bzw. Strandraum resultieren, sind schließlich immer die anderen. Etwa die trinkfreudigen und sonnencremeresistenten Engländer. Oder die streitsüchtigen Russen. Von den Holländern, die – wenn sie einmal nicht mit Tulpenzüchten oder Holzschuheschnitzen beschäftigt sind – unsere Autobahnen mit ihren Wohnwagen lahmlegen, einmal ganz zu schweigen.

Wie so oft liegt die Wahrheit irgendwo dazwischen. Sicherlich gibt es massenhaft deutsche Touristen, die die Ressentiments anderer Nationen in vollem Umfang rechtfertigen. Allerdings gibt es mindestens ebenso viele, die weder chronisch flatulieren noch frühmorgens Liegen mit Handtüchern blockieren, um anschließend Sandburgen zu bauen und sich dabei eine rote Nase zu saufen.

Man sollte die deutschen Touristen – wie alle anderen übrigens auch – eben nicht einzig und allein aufgrund ihrer Herkunft über einen Kamm scheren und sich gelegentlich auch von alten »Vorurteilszöpfen« trennen. Selbst wenn sich in Schweden immer noch hartnäckig das haarige Gerücht hält, deutsche Frauen würden sich kategorisch der Achselrasur verweigern. Offensichtlich haben die Wikinger die optischen Veränderungen seit den internationalen Erfolgen von Nena Mitte der achtziger Jahre nur noch marginal wahrgenommen.

Behandlungsmöglichkeiten und Prophylaxe:
Angeblich soll es Regionen geben, an denen sich deutsche Touristen noch nicht flächendeckend breitgemacht haben. Zum Beispiel auf dem Mars.

Verwandte Krankheiten:
Teutonismus, Russophobie

HOTELISMUS

(engl. Holiday-Inn disease)

Beschreibung:
Scheinbares Desinteresse am jeweiligen Urlaubsland, äußert sich hauptsächlich durch das permanente Verweilen im gebuchten Feriendomizil

Symptome:
In Thailand isst man jeden Tag Schnitzel. Glauben zumindest an Hotelismus leidende Urlauber. Ebenso sind sie der felsenfesten Überzeugung, dass das aus Pappmaché nachgebaute Amphitheater in der Hotelanlage, welches für die abendlichen Animationen genutzt wird, die einzige architektonische Sehenswürdigkeit in ganz Griechenland sei.

Der Grund für diese zum Teil hanebüchenen Fehleinschätzungen ist vor allem die offensichtliche Bequemlichkeit der Betroffenen. Nachdem sie der Transferbus vor dem Hotel ausgespuckt hat, verlassen sie die Ferienanlage in der Regel erst wieder am Abreisetag. Die zwei bis drei Wochen dazwischen beschränkt sich ihr Bewegungsradius vom Hotelzimmer bis zum Strand und wieder zurück – inklusive diverser Zwischenstopps im Restaurant oder an der Bar.

Den Eindruck, etwas zu verpassen, haben sie dabei nicht. Im

Gegenteil, die Hotelanlage vermittelt ihnen vielmehr ein wohliges Gefühl von Schutz und Geborgenheit. Man hat schließlich schon so viel von Straßenkriminalität und Trickbetrügereien in Ferienorten gelesen. Und wer weiß, was in die Speisen und Getränke außerhalb der Hotelmauern nicht alles heimlich hineingemischt wird.

Behandlungsmöglichkeiten und Prophylaxe:
Mut antrinken und raus aus der Hotelanlage! Alternativ empfiehlt sich auch die Lektüre eines Reiseführers – zumindest für die theoretischen Kulturkenntnisse.

Verwandte Krankheiten:
Kulturschock, Neophobie

KONNEXIE

(gr. wlaniasis frustratis)

Beschreibung:
Notorische Verschwendung von Urlaubszeit, insbesondere mit der Suche nach einer möglichst optimalen drahtlosen Verbindung ins Internet

Symptome:
Es fällt nicht allzu schwer, die Erkrankten auszumachen. Meist tigern sie mit einem Smartphone oder Tablet-PC in der Hand durch die Hotelanlage und bleiben in regelmäßigen Abstän-

den stehen, um ihr technisches Spielzeug kritisch zu beäugen oder selbiges in die Höhe zu recken, als handele es sich dabei um den FIFA-WM-Pokal. Weshalb sie davon ausgehen, dass die WLAN-, UMTS- oder LTE-Verbindung über ihren Köpfen signifikant besser sein soll als auf unmittelbarer Augenhöhe, bleibt wohl für immer ihr Geheimnis.

Hat der Konnexie-Patient endlich einen Ort gefunden, an dem ihm die Tür zur digitalen Welt offen steht, ist er für den Rest des Urlaubs nicht mehr von dort wegzubringen – von gelegentlichen Essens- und Badepausen einmal abgesehen.

Im Idealfall für den Erkrankten (bzw. im schlimmsten Fall für seine erholungsuchenden Miturlauber) befindet sich dieser Ort sogar direkt am Strand. Dies ermöglicht es ihm, seine gerade im Wasser verweilende Gattin lautstark mit relevanten Echtzeit-Informationen wie »Elfriede, ALDI hat Kottletz im Angebot!«

oder »Also, in Deutschland regnet's« zu versorgen. Die Betroffenen jüngerer Generation veröffentlichen hingegen unentwegt Bilder von ihren Oberschenkeln und Bauchnäbeln/der Strandaussicht/dem heißen Klubanimateur in einschlägigen Netzwerken oder kommentieren das Hotelessen auf Twitter. Somit wäre übrigens auch das weitverbreitete Vorurteil entkräftet, dass es sich bei den Erkrankten ausschließlich um sogenannte »Geschäftsleute« handeln soll.

Erkundigen Sie sich bei einem Betroffenen am Ende seines Urlaubs nach Details zu Landschaft und Umgebung, wird er Ihre Fragen in der Regel nicht beantworten können. Dafür berichtet er umfassend über die Signalstärke zwischen der öffentlichen Damentoilette und dem Putzraum sowie die aktuellen Angebote sämtlicher deutscher Billigurlaubsanbieter oder Schnäppchenwebsites.

Umgang mit den Erkrankten:
Versuchen Sie, per E-Mail, Facebook oder Twitter an die Betroffenen heranzukommen.

Behandlungsmöglichkeiten und Prophylaxe:
Störsender

Verwandte Reiseleiden:
Abschaltschwäche, Morbus Zuckerberg

MOSKITISMUS

(lat. insomnia insectae, frz. tsétsé)

Beschreibung:

Faunabedingte Schlaflosigkeit

Krankheitsverlauf:

00.19 Uhr: Ein traumhafter Urlaubstag neigt sich dem Ende zu. Die Wärme der Nacht umschmeichelt meinen Körper, während mich die hoteleigenen Grillen durch das geöffnete Fenster sanft in den Schlaf singen. Wer braucht da schon eine funktionierende Klimaanlage?

00.37 Uhr: Eine Grille scheint es besonders gut mit mir zu meinen und zirpt vor meinem Fenster, als gäbe es kein Morgen.

00.55 Uhr: Wenn die Grille so weitermacht, gibt es für das blöde Mistvieh tatsächlich kein Morgen! In Ermangelung eines Grillenmaulkorbs schließe ich das Fenster.

01.08 Uhr: Ich decke mich auf, entledige mich meines T-Shirts und zwinge mich dazu, umgehend einzuschlafen.

01.23 Uhr: Transpiriere wie ein vollständig bekleideter Eskimo in einem finnischen Dampfbad. Der Versuch, meine restlichen Klamotten vom Leib zu reißen, scheitert daran, dass ich gar nichts mehr anhabe.

01.36 Uhr: Sssssssssssssssssssssssss. Ich habe unfreiwilligen Besuch und haue mir in der naiven Hoffnung, der Stechmücke mit einem gezielten Schlag den Garaus zu machen, so fest aufs Ohr, dass es in selbigem umgehend zu klingeln beginnt.

01.43 Uhr: Bis jetzt noch Ruhe. War wohl ein Glücksschlag. Zufrieden döse ich weg ...

01.44 Uhr: Sssssssssssssssssssssss ...

01.48 Uhr: Muss ziemlich bescheuert aussehen: Ich renne todmüde, nackt und mit einer zusammengerollten BILD-Zeitung bewaffnet im vollbeleuchteten Hotelzimmer hinter einer Steckmücke her. Sie wollte Krieg – sie kann ihn haben!

02.13 Uhr: Nachdem ich erfolglos jeden Zentimeter des Zimmers nach dem Eindringling abgesucht habe, zeigt sich die Mücke plötzlich unschuldig am Fensterrahmen sitzend. Ich hole aus, bündle die noch vorhandenen Kräfte und schlage schwungvoll mit einer gezielten Ausholbewegung ... daneben.

02.14 Uhr: Könnte heulen. Scheiß Stechmücken! Scheiß Urlaub! Was hat sich der liebe Gott nur bei der Erschaffung der Stechmücke gedacht? Vermutlich gar nichts.

02.32 Uhr: Sie schwirrt dicht an meinem Kopf vorbei. Ich verfolge ihre Flugbahn, und auf einmal ... ist sie wieder weg. Nahezu zeitgleich fängt es auf meinem Rücken an zu jucken.

02.44 Uhr: Der Schweiß rinnt in Strömen. Ich öffne das Fenster.

03.06 Uhr: Die verdammten Grillen zirpen immer noch! Bei einem erneuten Zimmerrundgang laufe ich am Spiegel vorbei und stelle mit Schrecken eine gewisse Ähnlichkeit zwischen mir und Jack Nicholson auf dem Filmplakat von »Shining« fest. Mache mir ernsthaft Sorgen.

03.12 Uhr: Die Nase juckt.

03.23 Uhr: Komm her! Zeig dich! Trau dich!

03.41 Uhr: Ich kann mein Glück kaum fassen: Da sitzt sie – auf der Raufasertapete direkt hinter der Nachttischlampe. Der Schlag ist ebenso hart wie platziert. Die Mücke wird förmlich auseinandergerissen, und was zurückbleibt, ist ein großer Blutfleck auf der Tapete. Beim Rückschlag bleibe ich jedoch mit der zusammengerollten Zeitung an der Nachttischlampe hängen, was zur Folge hat, dass diese mit einem lauten Knall auf dem Boden aufschlägt und in tausend Teile zerberstet. Beim Versuch, den Scherben auszuweichen, komme ich ins Torkeln und trete in ein Nest aus Glassplittern.

04.03 Uhr: Nachdem die Wunden gereinigt, die Blutspuren beseitigt und die Scherben notdürftig zusammengekehrt sind, krieche ich auf allen vieren zurück ins Bett. Rücken und Nase jucken, meine zerschnittenen Füße brennen. Das Wissen um den gewonnenen Krieg vermittelt mir dennoch ein Gefühl tiefster Zufriedenheit.

04.09 Uhr: Die ersten Vögel kündigen das baldige Ende der Nacht an. Höchste Zeit zu schlafen.

04.10 Uhr: Ssssssssssssssssssssssss …

Behandlungsmöglichkeiten und Prophylaxe:
Urlaub in Grönland

Verwandte Krankheiten:
Parasitus Animalis, Wespenstich, Zombiss

NEOPHOBIE
(dt. Gewohnheitstier)

Beschreibung:
Scheinbar unüberwindbare Skepsis gegenüber Veränderungen, insbesondere bei der Auswahl von Urlaubsorten und -hotels

Verbreitung:
Tritt für gewöhnlich eher bei Urlaubern im fortgeschrittenen Alter auf.

Symptome und Diagnose:
Haben sich die Neophobiker erst einmal an einen Ferienort bzw. ein Hotel gewöhnt, verbringen sie ihre Urlaube fortan nur noch dort, am liebsten im selben Zimmer. Dumm nur, dass sich manche Hotelbetreiber erdreisten, das Gebäude in regelmäßigen Abständen zu modernisieren oder umzubauen.

Zu erkennen sind die Betroffenen insbesondere an Sätzen wie »Wir sind ja jetzt schon zum zwölften Mal hier ...« (meist gefolgt von einem negativ belegten Vergleich, zum Beispiel

»... aber so geregnet hat es hier noch nie!« oder »... das mit den Russen war vor der Wende ja noch nicht so schlimm!«).

Häufig werden sie bei der Ankunft vom Hotelpersonal mit Handschlag, Nennung des Vornamens oder herzlichen Umarmungen begrüßt und bekommen als Dank für ihre unerschütterliche Treue feste Plätze im Restaurant zugewiesen. Logischerweise dieselben wie in den Jahren zuvor.

Behandlungsmöglichkeiten und Prophylaxe:
Warum die Krankheit behandeln? Wenn Sie endlich einen Urlaubsort gefunden haben, an dem Sie sich rundherum wohlfühlen, ist es doch durchaus legitim, diesen immer wieder zu besuchen. Schließlich zieht man zu Hause ja auch nicht jährlich um.

Verwandte Krankheiten:
Camping, Desorientierung, Kulturschock

PIKTOMANIE

(lat. imaginiasis ridicula)

Beschreibung:
Durch grafische Warn- und Hinweisschilder mit breitem Interpretationsspielraum hervorgerufene Ratlosigkeit, häufig verbunden mit folgenschweren Missverständnissen

Verbreitung:
Tritt vorwiegend in Hotelanlagen mit international gemischtem Publikum auf.

Erscheinungsformen:
Leichte Form:
Bitte zum Wasserballspielen etwas weiter rausschwimmen.

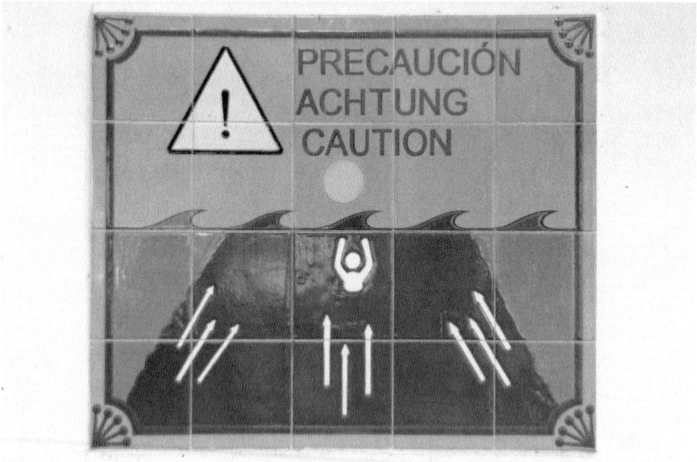

Mittlere Form:
Tagsüber nicht an die Wand pinkeln! Wenn schon, dann bitte schön auf die Badelatschen. Offen bleibt hingegen, ob damit die eigenen oder die der Miturlauber gemeint sind.

Schwere Form:

Äh . . .

Behandlungsmöglichkeiten und Prophylaxe:
Wenn schon grafische Hinweistafeln, dann bitte so, dass sie auch jeder versteht. Zudem ist weniger manchmal mehr.

Verwandte Krankheiten:
Urlaubsverblödung, Umweltschmutz

RUSSOPHOBIE
(dt. Stalinismus)

Beschreibung:
Unangenehmes Gefühl bei der Anwesenheit osteuropäischer Touristen

Verbreitung:
Überall, wo es All-inclusive-Anlagen gibt, zum Beispiel in Ägypten, Tunesien, Griechenland, Spanien oder der Türkei

Ursache:
Russischen Urlaubern eilt vielfach das Vorurteil voraus, sie wären laut, rücksichtslos, streitsüchtig sowie trink- und feierfreudig.

Das ist natürlich Quatsch. In Wahrheit sind sie extrem laut, enorm rücksichtslos, immens streitsüchtig sowie abartig trink- und feierfreudig. Das zeigt sich exemplarisch beim Abendessen. Während der gemeine Russe es entgegen des Hotel-Dresscodes nicht für nötig hält, mit einer langen Hose oder gar einem Oberteil bekleidet im Restaurant zu erscheinen, versprüht seine aufgetakelte weibliche Begleitung rein optisch eher den zwielichtigen Charme einer Hetäre. Und so riecht sie für gewöhnlich auch.

Am Buffet drängeln sie sich mit einer derartigen Selbstverständlichkeit an sämtlichen Schlangen vorbei, als handele es sich bei den artig wartenden anderen Gästen lediglich um Pappaufsteller. Anschließend kehren sie mit Miniaturnachbildungen des Mount Everest auf ihren Tellern an den Platz zurück, essen zwei Gabeln davon und lassen den Rest mit angewiderter Mine zurückgehen. Und wo der Keller schon mal da ist, wird umgehend noch eine weitere Flasche Wein/Schampus/Wodka geordert. Lautstark, versteht sich, und garantiert in ihrer Landessprache.

Apropos laut: Falls Sie sich von den ohrenbetäubenden Gesprächen und Sangeseinlagen Ihrer mittlerweile reichlich alkoholisierten russischen Tischnachbarn gestört fühlen, sollten Sie es tunlichst vermeiden, diese um Drosselung der Lautstärke zu bitten. Insbesondere, wenn Sie keine Auslandskrankenversicherung haben.

Der Vollständigkeit halber sei erwähnt, dass natürlich nicht alle osteuropäischen Urlauber so sind. Es gibt durchaus auch Ausnahmen. Im Gegenzug könnte man bei zahlreichen Urlaubern mitteleuropäischer Herkunft dafür meinen, sie hießen mit Zweitnamen Iwan, Jurij oder Nadeschda.

Behandlungsmöglichkeiten und Prophylaxe:

Viele Hotels gehen mittlerweile dazu über, sich entweder nur auf deutsche oder ausschließlich auf russische Urlauber zu konzentrieren. Achten Sie also bei den Beurteilungen der infrage kommenden Ferienanlagen auf Kommentare wie »100 Prozent russenfrei« oder »fest in deutscher Hand«.

Wussten Sie übrigens, dass die übertriebene Abneigung auf Gegenseitigkeit beruht? So wurden die Deutschen bei einer Umfrage unter russischen Touristen mit großem Abstand zum »nervigsten Urlaubsvolk« gewählt. Behauptet jedenfalls das Internet-Portal Superjob.ru.

Rechtliche Beurteilung:
Russen sind kein Reisemangel, auch wenn ihr Anteil unter den Hotelgästen bei 80 Prozent liegt. Dies entschied das Landgericht Düsseldorf in einem Urteil vom 21. 08. 2009 (Aktenzeichen 22 S 93/09). »Mit Gästen anderer Nationalitäten muss ein Reisender grundsätzlich rechnen – vor allem im Ausland«, hieß es in der durchaus einleuchtenden Begründung dazu.

Verwandte Krankheiten:
Cubalibrismus, German Angst, Sonnenbrand

SCHLANDEMIE
(lat. morbus pediludus)

Beschreibung:
Zurschaustellung der eigenen Staatsangehörigkeit bzw. Vereinspräferenz durch andauerndes Tragen von Fußball(national) trikots

Verbreitung:
Tritt fast ausschließlich bei männlichen Urlaubern auf, insbesondere in WM- und EM-Jahren

Umgang mit den Erkrankten:
Bei gleicher Präferenz: freundlich lächeln.
Bei Touristen in orangefarbenen Trikots: mitleidig lächeln.
In allen anderen Fällen: Tun Sie alles Mögliche, aber fangen Sie bloß keine Diskussion über Fußball an! Es sein denn, Sie suchen für die noch verbleibenden Urlaubstage händeringend nach einem neuen Erzfeind.

Behandlungsmöglichkeiten und Prophylaxe:
Für Heilung sorgen – von wenigen Ausnahmen abgesehen – die Gegner der deutschen Fußballnationalmannschaft. Zum Beispiel Italien, Spanien oder Brasilien. Allerdings hält der damit einhergehende Heilungseffekt nur sehr kurz an.

Verwandte Krankheiten:
Teutonismus

SONNENSTRICH
(lat. stigma colori)

Beschreibung:
Nachhaltige Brandmarkung von All-inclusive-Urlaubern, seit 1998 offiziell als »Reisemangel« anerkannt

Symptome:
Jeder kennt sie, kaum einer mag sie. Die Rede ist von diesen unsäglichen farbigen Plastikbändchen, die unbescholtenen All-inclusive-Touristen beim Einchecken stante pede um die Handgelenke geschnürt werden. Aus Sicht der Servicekräfte im Hotel sicherlich eine tolle Sache, erkennen sie so bereits auf den ersten Blick, ob es sich um einen »regulär zahlenden« Gast mit Halbpension handelt (ohne Bändchen) oder ob sie stattdessen den billigen Hauswein auf den Tisch stellen müssen (mit Bändchen). Den Urlaubern gehen die farbenfrohen Fesseln aber spätestens dann auf den Geist, wenn sie sich nachts versehentlich mit dem Ohr auf den scharfkantigen Verschluss legen oder die Farbe des bunten Bändchens partout nicht mit der des Lieblingskleides harmonieren will.

Hinzu kommt ein weiterer Effekt: Durch die Lichtundurchlässigkeit des Plastiks bildet sich beim Sonnenbaden am jeweiligen Handgelenk ein hässlicher weißer Strich, der die All-inclusive-Reisenden auch noch weit über den Urlaub hinaus als Idioten kennzeichnet. Und wer bitte schön möchte das schon?

Rechtliche Beurteilung:
Die Pflicht zum Tragen eines All-inclusive-Armbandes kann einen Reisemangel darstellen, wenn beispielsweise auch Karten mit Lichtbild statt der Bänder möglich wären, entschied das Landgericht Frankfurt in einem Urteil vom 19. 08. 1998 (Aktenzeichen 2/24 S 341/98). Auch sei eine leichte Identifizierung als Touristen durch die bunten Bänder auch außerhalb der Hotelanlage möglich, was sich unter Umständen negativ auswirken könnte. Dem Kläger wurde eine Reisepreisminderung von fünf Prozent zugesprochen.

Behandlungsmöglichkeiten und Prophylaxe:
Lassen Sie sich das Band – wenn es schon sein muss – so locker wie möglich umbinden. Dann können Sie es jederzeit problemlos ab- und wieder überstreifen.

Sollte es dafür zu spät sein, wechseln Sie beim Sonnenbaden wenigstens in regelmäßigen Abständen die Position des Bändchens an Ihrem Handgelenk. Und mindern Sie anschließend unbedingt den Reisepreis – zumindest, wenn die Tragepflicht nicht ausdrücklich im Katalog erwähnt wurde.

Verwandte Urlaubsleiden:
Sonnenbrand, Völlerei

SPANNMUFFENDEFEKT
(dt. Morbus Hallmackenreuter)

Beschreibung:
Kreuzweise Verspannungen infolge hüftunfreundlicher Hotelmatratzen. Es geht eben nichts über das gewohnte Horizontal-Ensemble zu Hause mit Palmfaserauflage und imprägnierter Halbzwirnware.

Verbreitung:
Im Rahmen einer repräsentativen Umfrage zum Thema »Reiseärgernisse« gaben rund 25 Prozent aller befragten Touristen an, schon einmal etwas an ihren Hotelbetten bemängelt zu haben. Mal war die Matratze zu hart, mal war sie zu weich. Stinkende

Kopfkissen, verdreckte Bettwäsche sowie die Anwesenheit von Wanzen und anderen ungebetenen Gästen rundeten das nächtliche Urlaubs-Fiasko ab.

Symptome:
Rücken-, Hüft- und Muskelschmerzen, in schwereren Fällen drohen zudem Schlaflosigkeit und dauerhaft schlechte Urlaubslaune

Behandlungsmöglichkeiten und Prophylaxe:
Bei zu harten Matratzen: am Strand schlafen.
Bei zu weichen Matratzen: auf den Boden legen. Alternativ können Sie auch die steinharten Handtücher aus dem Badezimmer unter das Bettlaken legen (siehe *Duschbrand*).

Verwandte Krankheiten:
Camping, Hals- und Beinbruch, Heimweh

STREICHELSCHWÄCHE
(lat. parasitose exotis)

Beschreibung:
Infolge eines zu sorglosen und unhygienischen Umgangs mit »ganz doll putzigen« Tieren hervorgerufene Hautausschläge und Infektionskrankheiten

Aus den Aufzeichnungen eines Betroffenen:
Liebes Urlaubstagebuch!
Es ist alles so traumhaft hier. Besonders gut gefallen mir die vielen süßen Tiere in der Hotelanlage. Gestern tauchte zum Beispiel ein herrenloser Hund am Strand auf und machte es sich unter meiner Liege bequem. Nachdem ich ihn gefüttert und ausgiebig gestreichelt hatte, hat er mich von oben bis unten abgeschleckt und wich mir für den Rest des Tages nicht mehr von der Seite. Echt goldig, das kleine verfilzte Zottelmonster! Hoffentlich treffe ich ihn morgen wieder. Heute konnte ich nämlich leider nicht zum Strand, da ich am ganzen Körper einen bösen, fies juckenden Ausschlag habe. Und Bauchweh. Vermutlich vertrage ich die Sonnencreme nicht. Oder das neue Duschgel.

Nicht ganz so toll ist hingegen das Hotelzimmer. Vorhin

habe ich dort tatsächlich zwei Spinnen entdeckt und sie natürlich umgehend kaltgemacht. Spinnen im Zimmer – wie unhygienisch ist das denn?! Bäh!

Jetzt mache ich mich aber langsam für das Abendessen fertig. Eines muss man den Asiaten ja lassen: Kochen können sie! Ob es heute wieder dieses leckere chinesische Gulasch gibt, das ich gestern gegessen habe?

Da fällt mir gerade ein, dass ich die beiden süßen Miezekätzchen schon seit ein paar Tagen nicht mehr auf der Restaurantterrasse gesehen habe. Es wird ihnen doch hoffentlich nichts passiert sein?

Liebe Grüße,
deine Anna

Behandlungsmöglichkeiten und Prophylaxe:

1.) Finger und Futter weg von herumstreunenden Tieren! Auch wenn sie noch so putzig sind.
2.) Unputzige Tiere können mitunter äußerst nützlich sein. Sie haben zum Beispiel Mücken zum Fressen gern.
3.) Erkundigen Sie sich bei exotisch anmutenden Speisen zur Sicherheit beim Restaurantpersonal nach den Ingredienzen.

Verwandte Krankheiten:

Experimentierfreude, Moskitismus, Wespenstich

ÜBERBUCHUNG

(lat. vacanose in extremum)

Beschreibung:

Aufgabe (Mathematik, 3. Klasse): »Ein Hotel hat 100 Zimmer mit jeweils zwei Betten. Wie viele Reisegäste kann das Hotel pro Nacht maximal beherbergen?«
Lösung: »220 – behaupten zumindest viele Hotelbetreiber und Reiseveranstalter.«

Ursachen:

Dieses auf den ersten Blick fragwürdige Ergebnis ist meist nicht auf Dyskalkulie (die mathematische Form der Legasthenie) zurückzuführen, sondern beruht vielmehr auf der knallharten Annahme, dass im Schnitt rund zehn Prozent aller Urlauber ihre Reise kurzfristig absagen müssen. Damit die Bude trotzdem voll wird, verkaufen die Hotels schlichtweg mehr Zimmer, als sie tatsächlich haben. Dumm nur, wenn die doofen Urlauber dann doch nicht krank werden und plötzlich vollzählig anreisen ...

Für diesen statistisch unwahrscheinlichen Fall (der aber dennoch täglich tausendfach vorkommt) sichern sich die Hotelbetreiber und Reiseveranstalter in der Regel bereits vorab im Kleingedruckten des Reisevertrags ab. Zum Beispiel durch sperrig formulierte Klauseln wie »Der Veranstalter ist berechtigt, Leistungsänderungen vorzunehmen, wenn sich diese aufgrund von Umständen außerhalb der Einflusssphäre des Veranstalters nach Vertragsschluss ergeben. Hierzu gehört auch der Austausch der angegebenen Unterbringung oder der angegebenen Beförderung bei weitgehend identischem Standard«.

Im Klartext: Notfalls dürfen wir Sie (fast) überall unterbringen! Schließlich hat die Besenkammer im Hotel nebenan auch vier Wände und eine Tür, was einem »weitgehend identischen Standard« im Vergleich zum ursprünglich gebuchten Zimmer eindeutig entspricht.

Behandlungsmöglichkeiten und Prophylaxe:
Ein kleines bisschen anders sieht es das Landgericht Frankfurt: »Eine andere Unterkunft als die gebuchte müssen Urlauber nicht akzeptieren. Ist das gewünschte Hotel überbucht, gilt die Unterbringung in einem Ersatzhotel als ein erheblicher Mangel, der zur Kündigung des Reisevertrags berechtigt.« (Urteil vom 19. 11. 2011, Aktenzeichen: 2–24 S 199/11) Wie Sie dann aber wieder nach Hause kommen, ist Ihre Sache.

Verwandte Krankheiten:
Einzelbettfrust, Meckermanie

UMWELTSCHMUTZ

(gr. ecoloiasis mimesis)

Beschreibung:
Vortäuschung eines ökologischen Bewusstseins durch das Hotelmanagement, äußert sich hauptsächlich durch das Anbringen von lustigen Hinweisschildern oder Aufklebern im Badezimmer

Symptome:
»Der Umwelt zuliebe! Wenn Sie Ihr Handtuch erneut benutzen möchten, dann hängen Sie dieses bitte wieder zurück an den Handtuchhalter. Falls Sie ein frisches Handtuch wünschen, legen Sie das benutzte Handtuch bitte in die Badewanne oder Dusche. Vielen Dank fürs Mitmachen!«

Klingt auf den ersten Blick plausibel und logisch. Schließlich käme zu Hause auch niemand auf die Idee, die benutzten Frottierwaren täglich zu wechseln. Das wäre ja mit Arbeit (bzw. Kosten) verbunden – von der enormen Energie-, Wasser- und Waschmittelverschwendung einmal abgesehen.

Das Problem an der Sache: Selbst wenn der umweltbewusste Gast sein Handtuch nach Gebrauch wieder ordentlich auf die dafür vorgesehene Halterung zurückhängt, erwartet ihn in weit über 90 Prozent aller Fälle am Abend dennoch wieder ein frisches.

Lässt er es jedoch nach dem Duschen demonstrativ (oder aus Gründen der Bequemlichkeit) in der Badewanne liegen, plagt ihn den ganzen Tag über ein schlechtes Gewissen. Immerhin ist es ja im Bereich des Möglichen, dass sich ausgerechnet heute eine der wenigen zuverlässigen Reinigungskräfte um sein Zimmer kümmert. Alles in allem ein ziemliches Dilemma ...

Behandlungsmöglichkeiten und Prophylaxe:
Reiseexperten raten dazu, die Handtücher vor und nach der Verwendung einfach an einem sicheren Ort zu verwahren, an dem sie das Reinigungspersonal unter Garantie nicht finden kann. Beispielsweise in einer der staubigen Ecken des Zimmers oder auf dem Kleiderschrank, wo bereits seit Jahren nicht mehr Staub gewischt wurde. Als weitaus weniger empfehlenswert hat sich hingegen der Ratschlag einer internationalen Umwelt-

organisation erwiesen, während des Urlaubs gänzlich auf die tägliche Dusche zu verzichten. Das ist zwar irgendwie nachhaltig, aber insbesondere für die Mitreisenden alles andere als vorteilhaft (siehe auch *Nebenschwitzer* auf dem Rückflug).

Verwandte Krankheiten:
Duschbrand, Piktomanie

VITAMÜDIGKEIT
(lt. curriculus fatigae)

Beschreibung:
Abstumpfungs- und Ermattungszustand infolge ständiger Beantwortung der gleichen persönlichen Fragen

Verbreitung:
Überall dort, wo man mit neuen Miturlaubern (un-)gezwungen ins Gespräch kommen kann, beispielsweise am Strand, am Pool, beim Abendessen, an der Rezeption, bei der Abendanimation, beim Händewaschen auf der öffentlichen Toilette ...

Erscheinungsformen:
Leichte Form:
- Wie heißen Sie?
- Woher kommen Sie?
- Sind Sie zum ersten Mal hier?

Mittlere Form:
- Hat Ihre Tätowierung eine tiefere Bedeutung?
- Was machen Sie beruflich?
- Wie alt sind Sie? (Gerne auch mit dem völlig sinnfreien Zusatz: »Wenn man fragen darf.«)

Schwere Form:
- Wie viel verdient man da so?
- Ist das Ihre Gattin oder die Frau Mama?
- Sind die Brüste echt?

Behandlungsmöglichkeiten und Prophylaxe:
Drucken Sie vor Reiseantritt Ihren aktuellen Lebenslauf aus, und befestigen Sie diesen am Schwarzen Brett des Hotels. Sollte das nicht helfen, haben sich vielfach auch handelsübliche Kopfhörer bewährt.

Verwandte Krankheiten:
Anschlusssucht

ESSEN UND TRINKEN

BAMBI GORENG
(dt. bäh!)

Beschreibung:
Plötzlich auftretende Appetitlosigkeit beim Betrachten der Speisekarte

Verbreitung:
Kommt insbesondere in Hotels und Restaurants vor, die sich keine professionellen Übersetzer leisten können (oder wollen).

Ursachen:
Leichte Form: »Rindisch mit rotten Zwiebeln, Thai krautem in chili sch Sauce Pikant«, »Frischer Käse, Rechtsanwalt und Honig«, »Glassnudelsalat scharf mit Schweineich/Huhneich«
Mittlere Form: »Drei Arten von Zahnstein zweite Markt Ver-

fügbarkeit«, »Isolationsschlauch Ala Bewohner von Bolognese«, »Lammbein hackt an den Ziel Gräsern und Zahnrädern«
Schwere Form: »Beefsteakscheißen mit Mozzarella«, »Fleisch bumst mit Solferino Soße«, »Gegrillte Muschi: Rind«

Häufige Folgeerscheinungen:
Hühnerprust, Lachauflauf, Spaßferkel

Behandlungsmöglichkeiten und Prophylaxe:
Bestellen Sie sich zum Eingewöhnen erst einmal etwas Fleischloses, zum Beispiel die »Fruchterschütterung mit abgenutzte Karotte«.

Verwandte Krankheiten:
Experimentierfreude, Kulturschock

BEDIENUNGSLOSIGKEIT

(gr. invisibilitis, engl. sit and wait)

Beschreibung:
Immenses Pech, wieder einmal ausgerechnet in der Ecke des Restaurants zu sitzen, für die sich keiner der zahlreich umherschwirrenden Kellner zuständig fühlt, häufig in Kombination mit einem unbändigen Hunger- und/oder Durstgefühl

Symptome:
Phase 1: dezentes Räuspern, (erfolglose) Versuche, Blickkontakt mit einem der Servicekräfte aufzunehmen
Phase 2: aggressives Winken, ohrenbetäubende »Hallo!«-Rufe
Phase 3: Selbstbedienung an der Zapfanlage, Beschwerde bei der Restaurant- oder Hotelleitung

Häufige Folgeerscheinungen:
Bei Abendessen in Buffetform kommt es infolge der Bedienungslosigkeit mitunter zu meterhohen Geschirrbergen auf den Tischen der Betroffenen. Im Vergleich zu Kellnern, die einem den Teller bereits wegreißen, während der letzte Bissen gerade dem Mund zugeführt wird, ist das jedoch noch die deutlich angenehmere Alternative.

Behandlungsmöglichkeiten und Prophylaxe:
Selbstverpflegung

Verwandte Krankheiten:
Buffetismus, Grill-Händel

BUFFETISMUS

(lat. kniggopenie, dt. Benimminsuffizienz)

Beschreibung:
Spontaner Verlust von Anstand und Manieren bei der abendlichen Essensaufnahme

Verbreitung:
Tritt überdurchschnittlich oft bei älteren Urlauberinnen und Urlaubern auf.

Symptome:
Hauptursache des Buffetismus ist die latent vorhandene Angst, zu kurz zu kommen. Sei es bei der Auswahl der Sitzplätze im Restaurant, der Getränkeversorgung durch die Kellner oder der Bestückung der Teller und Schüsseln mit den feilgebotenen Leckereien am Buffet. Schließlich entstammen die Betroffenen größtenteils einer Generation der Entbehrungen, in der tägliches Essen und Trinken leider immer noch nicht als eine Selbstverständlichkeit gilt.

Legen Sie deshalb ein wenig Gelassenheit an den Tag, und zeigen Sie Verständnis, wenn sich die entsprechenden Gäste in der Warteschlange vor dem Salatbuffet an Ihnen vorbeidrängen, die liebevolle Dekoration der Speisen in ihrer Gier bis zur Unkenntlichkeit entstellen oder Ihnen bitterböse Blicke entgegengebracht werden, falls Sie es wagen, die letzten Reste aus einer der unzähligen Schüsseln zu kratzen.

Durch einen kleinen Trick können Sie den Buffetisten aber auch komplett aus dem Weg gehen: Für gewöhnlich reihen sich diese nämlich schon eine halbe Stunde vor Buffeteröffnung in die meterlangen Warteschlangen vor dem Hotelrestaurant ein, um sich die ihrer Ansicht nach besten Plätze in unmittelbarer Nähe zum (Essens-)Geschehen zu sichern. Brechen Sie deshalb einfach ein wenig später zur Essensaufnahme auf! Und keine Sorge – bislang ist noch kein einziger Fall bekannt, in dem ein Tourist während eines Hotelaufenthalts verhungert sein soll.

Behandlungsmöglichkeiten und Prophylaxe:
Die genannten Symptome nehmen für gewöhnlich mit zunehmendem Sättigungsgrad ab. Zumindest bis zur nächsten Mahlzeit ...

Verwandte Krankheiten:
Experimentierfreude, Platzqual

CUBALIBRISMUS

(lat. morbus hicks, swed. skål!)

Beschreibung:
Bewusstes Bestreben, sich im Nachgang bestenfalls fragmental an den unmittelbar zurückliegenden Urlaub zu erinnern, für

gewöhnlich unter (ganztägiger) Zuhilfenahme von Hochprozentigem

Verbreitung:
Tritt vorwiegend bei in Gruppen reisenden männlichen Urlaubern auf.

Erhöhte Ansteckungsgefahr:
Mallorca, Ibiza, Goldstrand

Krankheitsverlauf:

10.41 Uhr: Der Erkrankte erwacht nach rund dreistündigem Schlaf aus dem Delirium.

10.43 Uhr: Kurze Orientierungsphase: Wer bin ich, und wenn ja, wie viele?

10.47 Uhr: Die ersten drei Aspirin des Tages werden mit den mittlerweile angewärmten Überresten aus der Bierflasche neben dem Bett eingenommen. Es folgt ein kleines Nickerchen.

12.58 Uhr: Mist! Spätaufsteher-Frühstück um läppische 118 Minuten verpasst. Substitution der morgendlichen Cerialien durch einen Rum-Cola-Mix an der Strandbar (Mischungsverhältnis 70 : 30)

13.27 Uhr: Begrenzt attraktive Person weiblichen Geschlechts konfrontiert den Erkrankten am Strand unter Verwendung der Anredeform »Schatzi« mit erschreckend intimen Details vom Vorabend. Alkoholische Traumabewältigung

17.22 Uhr: Nach einem weiteren kurzen Powernap in der Sonne könnte der Erkrankte Bäume ausreißen.

Wenn nur diese höllischen Schmerzen auf der Haut nicht wären ...

17.25 Uhr: Kühlung und Desinfektion des frischen Sonnenbrands erfolgen von innen an der Strandbar.

19.01 Uhr: Abendessen. Vier Bier und ein Schnitzel

20.33 Uhr: Warmglühen mit den Kumpels

00.13 Uhr: Die mittlerweile marginal alkoholisierte Gruppe beschließt, sich für den Rest des Abends intensiver mit der einheimischen Kultur zu beschäftigen. Das hierfür ausgewählte Tanzlokal ist bereits gut gefüllt. Auf der Bühne spielt Micki Krause, es wird Sangria aus Eimern gereicht.

01.22 Uhr: Wiedersehen mit der Dame vom Strand. Eigentlich sieht sie doch gar nicht so schlecht aus. Man lernt sich bei einem Eimer-Cocktail besser kennen.

02.44 Uhr: In einem lichten Moment zwischen Getränk Nr. sieben und acht fällt dem Betroffenen plötzlich ein, dass er keine Ahnung hat, wie die Frau heißt, in deren Mundhöhle er seit über einer Stunde seine mittlerweile sprechunfähige Zunge versenkt.

02.45 Uhr: »Aber scheiß drauf, Malle ist nur einmal im Jahr ...«

03.00–
10.40 Uhr: Filmriss

10.41 Uhr: Der Erkrankte erwacht nach rund dreistündigem Schlaf aus dem Delirium.

Häufige Folgeerscheinungen:
Dringendes Erholungsbedürfnis nach dem Urlaub, Krankschreibung

Behandlungsmöglichkeiten und Prophylaxe:
Kalter Entzug

Verwandte Krankheiten:
Sonnenbrand, Urlaubsverblödung, Tätowie, Vögelgrippe

EXPERIMENTIERFREUDE

(lat. morbus dschungelcampus)

Beschreibung:
Was der Experimentierfreudige nicht kennt, frisst er. Vor allem im Urlaub.

Bevorzugte Urlaubsorte:
China, Thailand, Australien

Symptome:
Schnitzel, Pommes und Pizza bekommt der Experimentierfreudige zu Hause mehr als genug. Deshalb giert er auf Reisen förmlich nach neuen, bislang unbekannten Gaumenfreuden. Zum Beispiel nach Heuschrecken. Oder frittierten Bambuswürmern. Am liebsten in stilechter Atmosphäre auf einem Straßenmarkt, wo die exotischen Delikatessen bereits seit meh-

reren Stunden ungekühlt und in der prallen Sonne liegend auf einen potenziellen Verzehrer warten.

Nachdem er die fremdartigen Objekte einige Minuten später endlich hinuntergewürgt hat, spricht der Betroffene mit leicht angewidertem Gesichtsausdruck von einer »wahren Geschmacksexplosion«. Dabei hält er jedoch verstohlen Ausschau nach einem Getränk, um seine verwirrten mitteleuropäisch geeichten Geschmacksnerven wieder ein wenig zu besänftigen. In Wahrheit geht es dem tollkühnen Helden bei derartigen kulinarischen Mutproben allerdings weniger um den Genuss an sich, sondern eher um das Angeben danach. Wer kann zu Hause schließlich von sich behaupten, schon einmal Stierhoden gegessen zu haben? Oder Mehlwürmer. Oder Affenhirn ...

Häufige Folgeerscheinungen:
Andersartig gelagerte »Explosionen«. Details entnehmen Sie bitte dem Eintrag *Reisediarrhö*.

Behandlungsmöglichkeiten und Prophylaxe:
Schnitzel, Pommes und Pizza

Verwandte Krankheiten:
Bambi Goreng, Individualismus

FERIALE OBSTIPATION
(engl. proshitbition)

Beschreibung:
Durch ungewohnte Kost, Hitze oder Angst vor fremden Toiletten hervorgerufene Darmträgheit

Verbreitung:
Tritt verstärkt zu Beginn des Urlaubs auf.

Diagnose:
Zu erkennen sind die Betroffenen an ihrem leicht erröteten Teint sowie ihrem gequälten Gesichtsausdruck beim Verlassen der sanitären Einrichtungen.

Ursachen:
Neben den eingangs erwähnten Faktoren kann auch ein beengtes und hellhöriges Hotelzimmer für den Ausbruch der ferialen Obstipation verantwortlich sein. Insbesondere, wenn das architektonisch wertvoll gestaltete Bad über ein Fenster zum Zimmer verfügt und der Partner (bzw. die Partnerin) wieder einmal nichts Besseres zu tun hat, als einen bei der Morgentoilette pausenlos anzustarren.

Erscheinungsformen:
Schön wär's!

Behandlungsmöglichkeiten und Prophylaxe:
Gelegentlich versuchen die Erkrankten, ihres Problems durch ausschließlichen und exzessiven Genuss von Ananas oder Dörrpflaumen Herr zu werden. Das klappt nach zwei bis drei Tagen eigentlich auch ganz gut. Leider werden die Betroffenen dann aber nur noch äußerst selten außerhalb der Hoteltoiletten gesichtet.

Verwandte Krankheiten:
Reisediarrhö

GRILL-HÄNDEL

(span. disputa con carne)

Beschreibung:
Aus unterschiedlichen Auffassungen von »Arbeitsteilung« resultierende Streitigkeiten vor, während und nach der abendlichen Essenszubereitung

Verbreitung:
Gefährdet sind ausschließlich Selbstverpfleger, also Bewohner von Ferienwohnungen, Camper sowie Urlauber auf Balkonien.

Ursachen:
Für Männer ist Grillen das perfekte Alibi, um die eigene Faulheit hinter scheinbarer Aktivität zu verstecken. Da »er« ja grillen muss, kann er sich logischerweise nicht auch noch um solch

profane Dinge wie die Zubereitung von Salaten und das Eindecken des Tisches kümmern. Was »sie« allerdings oft nicht weiß: Nach einer kurzen Vorbereitungszeit – bis die Holzkohle einigermaßen glüht – läuft eigentlich alles von allein. Der Mann macht es sich derweil mit einem Bier in der Hand neben dem Grill bequem und dreht alle paar Minuten mit geschäftigem Blick das Grillgut von der einen auf die andere Seite. Wichtig ist, die Frau im Glauben zu wiegen, dass in diesem Stadium der Zubereitung noch unendlich viel schieflaufen kann. So ist es für den Grillmeister natürlich unmöglich, sich von der Feuerstelle zu entfernen – sei es auch nur kurz! Der Frau kommt deshalb neben der Salatzubereitung und dem Tischdecken auch noch die anspruchsvolle Aufgabe der Bierversorgung des Grillmeisters zu. Diese kann, je nach Außentemperatur und Durst, schnell zu einem Fulltime-Job ausarten.

Während der Grillmeister also gemütlich neben der lodernden Glut herumsteht und seine Flasche festhält, hetzt die Frau hektisch zwischen Küche (bzw. der notdürftig eingerichteten Kochnische) und dem Balkon (bzw. Vorzelt) hin und her, um einerseits die Beilagen und die Tafel fertigzustellen sowie andererseits das Wohl ihres Angetrauten im Auge zu behalten. Dabei kann es unter Umständen zu ersten Meinungsverschiedenheiten kommen – zum Beispiel wenn er sich in schnippischem Tonfall danach erkundigt, wo sein vor zweieinhalb Minuten geordertes Bier bleibt.

Auch wenn es schwerfällt: Hier ist von weiblicher Seite aus ein wenig Fingerspitzengefühl gefragt. Schließlich geht er gerade einer anspruchsvollen Tätigkeit nach, die sein gesamtes Konzentrationsvermögen beansprucht: Er trinkt Bier.

Dann ist es endlich so weit: Alle sitzen am Tisch, inklusive des Grillmeisters. Na ja, fast alle ... Die Frau pendelt immer noch zwischen Küche und Tisch hin und her, um eifrig sowie mit zunehmend schlechterer Laune auf- und abzutragen. Der Grillmeister selbst betreibt indessen intensives Fishing for Compliments und möchte den »sensationellen Geschmack« des hoffnungslos verkohlten Grillgutes bestätigt wissen. Anschließend lehnt er sich als vermeintlicher Held des Abends selbstgefällig mit im Nacken verschränkten Händen zurück. Höchste Zeit, sich bei einem Gläschen Gerstensaft von den Strapazen der Nahrungszubereitung zu erholen! Den Abwasch sowie die Reinigung des vor Fett triefenden Bratrosts sieht er logischerweise nicht in seinem Zuständigkeitsbereich. Schließlich hat er ja heute schon gegrillt ...

Behandlungsmöglichkeiten und Prophylaxe:
Essen gehen. Oder einfach auf die lästigen Salatbeilagen verzichten

Verwandte Krankheiten:
Bedienungslosigkeit, Camping, Cubalibrismus

PLATZQUAL
(lat. expectose cantina)

Beschreibung:
Tag für Tag dasselbe Bild: Bereits eine halbe Stunde vor Öffnung des Buffets bilden sich meterlange Schlangen vor der noch verschlossenen Tür des Hotelrestaurants. Nicht dass die wartenden Urlauber kurz vor dem sicheren Hungertod stünden oder im Anschluss noch dringende Termine wahrzunehmen hätten – es geht ihnen vielmehr darum, sich einen möglichst perfekten Tisch für die anstehende Nahrungsaufnahme zu sichern.

Symptome:
Optimal wäre für die Betroffenen ein sonniges Plätzchen auf der Restaurantterrasse, das nicht zu warm und nicht zu zugig ist. Es sollte die Möglichkeit eröffnen, die anderen Gäste gut im Blick zu haben, muss aber dennoch ruhig und idyllisch gelegen sein. Natürlich möchte man den Tisch dabei auch komplett für sich alleine haben, selbst wenn dieser für acht Personen einge-

deckt wurde, die Betroffenen aber lediglich mit ihrem Partner oder ihrer Partnerin zu speisen gedenken.

Haben die Platzhirsche nach diversen Probesitzorgien und Diskussionen mit Gleichgesinnten und Kellnern endlich »ihren« Tisch gefunden, geht es ans Feintuning: Es werden Sonnenschirme verrückt, Bestuhlungen verändert sowie Gläser und Servietten willkürlich hin- und hergeschoben. Anschließend werden die noch freien Plätze an der Tafel mit Jacken, Zigarettenschachteln oder Sonnenbrillen dekoriert, damit auch ja kein Fremder auf die Idee kommen könnte, sich heimlich zu ihnen zu setzen, während sie sich gerade in aller Ruhe am Buffet die Teller vollladen. Nicht selten verteidigen die betroffenen Urlauber ihre Tische bis weit über die eigentliche Essenszeit hinaus – selbst wenn sie nur noch gelangweilt vor leeren Gläsern oder Tellern sitzen, während zig andere Gäste mit knurrenden Mägen nach frei werdenden Plätzen gieren.

Behandlungsmöglichkeiten und Prophylaxe:
Feste Platzzuteilung mittels Losverfahren

Verwandte Urlaubsleiden:
Annekterie, Buffetismus

REISEDIARRHÖ

(gr. chotzera, engl. speedshit)

Beschreibung:

Durch ungewohnte Kost, mangelnde Hygiene oder den übermäßigen Konsum von Leitungswasser hervorgerufene Darmüberfunktion in die eine und/oder die andere Richtung

Verbreitung:

Kann teilweise auch erst nach Beendigung der Reise auftreten.

Verbreitung:

Variiert stark nach der jeweiligen Urlaubsregion. Während im Schwarzwald, an der Ostsee oder in der Lüneburger Heide eher seltener mit einem ernsthaften Ausbruch dieses Reiseleidens zu rechnen ist, beträgt die Infektionsrate in Ländern wie Mexiko, Indien oder Kenia immerhin stattliche 90 Prozent.

Erscheinungsformen:

Gibt es. Reichlich.

Behandlungsmöglichkeiten und Prophylaxe:

Gelegentlich versuchen die Erkrankten, ihres Problems durch ausschließlichen und exzessiven Genuss von Bananen, Salzstangen und Cola Herr zu werden. Das klappt für etwa zwei bis drei Tage auch ganz gut. Leider können die Betroffenen dann aber für den Rest des Urlaubs gar nicht mehr auf die Toilette.

Empfehlenswerter scheint es deshalb, einfach mal ein bisschen Geduld an den Tag zu legen und währenddessen viel ungesüßten Tee oder Elektrolytlösungen zu trinken. Auch wenn beides (besonders in Kombination) zugegebenermaßen ziemlich schäbig schmeckt.

Verwandte Krankheiten:
Experimentierfreude, Feriale Obstipation, Streichelschwäche

TOASTMAL

(lat. combustio thermosa)

Beschreibung:
Infolge der unsachgemäßen Bedienung von Durchlauftoastern hervorgerufene Brandverletzungen

Verbreitung:
Tritt insbesondere morgens in Hotels mit Frühstück in Buffetform auf.

Häufige Folgeerscheinungen:
Wahlweise leichenblasse oder kohleähnliche Weißbrotscheiben

Behandlungsmöglichkeiten und Prophylaxe:

1.) Wenn man keine Ahnung hat, am besten die Finger davon lassen. Dies gilt insbesondere für den Bräunungsgradregler des Geräts.

2.) Bitte den Toast erst entnehmen, wenn er sich in der Auffangschale befindet. Verwenden Sie unbedingt die hierfür vorgesehene Zange!

3.) Man sollte es beim Betrachten der Toastergebnisse mitunter kaum glauben, aber die Heizdrähte sind tatsächlich heiß. Es besteht also keine Notwendigkeit, dies mit den bloßen Händen zu überprüfen.
4.) Käse- oder Wurstscheiben bitte erst nach dem Röstvorgang auf das Toastbrot legen. Dasselbe gilt auch für Butter, Marmelade und Nuss-Nougat-Creme.
5.) Frische Brötchen und Schwarzbrot sind ebenfalls lecker. Und in Sachen Zubereitung weitaus ungefährlicher …

Verwandte Krankheiten:
Glutblase, Zombiss

VÖLLEREI

(lat. adipositas vacancis, engl. all inclusive)

Beschreibung:
Urlaubsbedingte Störung des Regulationsmechanismus aus Appetit, Hunger und Sättigung

Verbreitung:
Tritt insbesondere bei komplett im Reisepreis inkludierter Ganztagesverköstigung auf (im Fachjargon auch »AI« genannt).

Krankheitsverlauf:

08.00 Uhr: Endlich Frühstück! Der Betroffene befüllt sich seinen Teller mit einem Berg Rührei, Schinken und Speck, gebackenen Bohnen, Butter, Marmelade sowie drei Brötchen und vier Scheiben Toastbrot. Das sollte fürs Erste reichen.

08.12 Uhr: Der Teller ist leer. Schnell noch mal zum Buffet – bevor die Russen kommen.

08.33 Uhr: Ein Müsli mit frischem Obst als Nachtisch.

08.47 Uhr: Käse schließt den Magen ...

10.13 Uhr: Während sich der Betroffene am Pool von den Strapazen der morgendlichen Essensaufnahme erholt, macht sich erneut ein leichtes Hungergefühl breit. Zum Glück hat er beim Verlassen des Frühstücksraums noch heimlich ein paar Brötchen eingesteckt.

12.01 Uhr: Kleiner Mittagssnack im Restaurant. Es gibt Rumpsteak mit Pommes und Salat.

12.33 Uhr: Mittagsschlaf am Strand. Irgendetwas liegt dem Betroffenen schwer im Magen. Salat war wohl ein Fehler.

14.05 Uhr: Kuchenzeit an der Poolbar.

14.15 Uhr: Jetzt gibt's vor dem Abendessen definitiv nichts mehr!

15.20 Uhr: Ein kleines Eis geht aber immer ...

16.58 Uhr: Um einer möglichen Unterzuckerung vorzubeugen, genehmigt sich der Betroffene vor der Dusche präventiv einen Schokoriegel aus der Minibar. Ist ja schließlich alles bezahlt!

18.00 Uhr: Abendessen, Gang eins

18.09 –
20.17 Uhr: Abendessen, Gänge zwei bis sieben

21.00 Uhr: Während des Animationsprogramms werden diverse Cocktails von der AI-Karte getestet. Als heutiger Gewinner entpuppt sich die Piña Colada – dicht gefolgt von Caipirinha und Mai Tai.

22.55 Uhr: Alkohol macht hungrig.

23.15 Uhr: Die Gulaschkanone wird reingerollt!

00.00 Uhr: Mitternachtssnack in der Hoteldiskothek (Salzstangen und Nüsse), danach ab aufs Zimmer

00.45 Uhr: Der Betroffene wälzt sich leicht angetrunken und mit knurrendem Magen unruhig in seinem Bett hin und her. Mist – noch über sieben Stunden bis zum Frühstück.

Behandlungsmöglichkeiten und Prophylaxe:
Magenverkleinerung, Halbpension

Verwandte Krankheiten:
Buffetismus, Cubalibrismus, Kilo-Gram

AN STRAND UND POOL

ADONIE

(gr. fitnessiasis, dt. BRIGITTE-Leiden)

Beschreibung:

Sinnloses Bestreben, sich vor dem Urlaub unbedingt »in Form« bringen zu müssen, häufig ausgelöst durch zu enge Badebekleidung

Aus den Aufzeichnungen eines Betroffenen:

Der Weg war steinig und lang. Aber nun bin ich endlich da, wo ich hinwollte: am Strand. In der Badehose vom Vorjahr.

Meine Reise hierher begann streng genommen bereits am zweiten Weihnachtsfeiertag. Der Hüftspeck hatte sich zu diesem Zeitpunkt genau dort breitgemacht, wo er nicht sein sollte, per definitionem aber nun leider einmal ist: auf der Hüfte. Auf *meiner* Hüfte, um genau zu sein. Negativ beeinflusst wurde dieser unappetitliche Anblick durch den leichenblassen Teint, der über den langen Winter Besitz von meiner gesamten Körperoberfläche ergriffen hatte. Jetzt half nur eins: rumjammern. Nachdem das zwei Wochen später aber immer noch nicht den erhofften Erfolg gebracht hatte, entschloss ich mich schweren Herzens, Plan B in die Tat umzusetzen. Es begann meine fast 40-wöchige Fastenzeit.

Rückblickend kann ich nicht mehr genau sagen, ob ich mich zuerst ins Solarium und dann in die Muckibude getraut habe oder umgekehrt. Fakt ist: Ich habe beides getan.

Im Fitness-Studio fing zunächst alles ernüchternd an. Ich zog mich rasch und ohne unnötiges Einatmen zwischen einer Horde fleischgewordener Dopingpillen um, die mich betrachteten, als wäre ich ein unförmiges Stück Speck (was vielleicht daran liegen mag, dass ich genau das zu diesem Zeitpunkt auch war). Mit weiten Schlabber-Klamotten bekleidet schlich ich anschließend verunsichert um die unzähligen Fitnessgeräte herum und versuchte, die Gewichte so niedrig wie möglich einzustellen – was gar nicht so leicht war, im wahrsten Sinne des Wortes.

Im Laufe der Zeit geschahen dann aber wahre Wunder. Ich konnte die Gewichtseinstellungen an den Foltermaschinen sukzessive erhöhen, mein eigenes reduzieren und traute mich mit immer enger anliegenden Klamotten ins Studio. Abgesehen davon entdeckte ich plötzlich Muskeln an mir, von deren Existenz ich bis dato nichts gewusst hatte. Die Zeiten der Qual und Entbehrungen hatten sich gelohnt. Adonis war zurück!

Und jetzt ist er hier. Im Urlaub. Am Strand. In der Badehose vom Vorjahr. Dabei fallen mir allerdings zwei Dinge auf:

Erstens: Kein Mensch scheint meine körperliche Metamorphose wahrzunehmen.

Zweitens: Die meisten anderen Männer sind auch nicht blasser oder untrainierter als ich. Meistens ist sogar eher das Gegenteil der Fall!

Was hätte ich mir mit dem sinnlos in meinen Körper investierten Geld nicht alles leisten können? Ein Upgrade in eine der Luxus-Suiten wäre locker drin gewesen. Oder die All-inclusive-Plus-Option mit kostenlosen Cocktails sowie einer 24-Stunden-Verköstigung ... Was bleibt, ist die Vorfreude auf den bevorstehenden Winter. Denn da sitze ich abends wieder gemütlich auf der Couch, wälze Reisekataloge und halte es mit Churchill und dem Krümelmonster: no sports, aber dafür ganz viel Kekse. Zumindest bis nach Weihnachten.

Behandlungsmöglichkeiten und Prophylaxe:
Neue Badehose

Verwandte Krankheiten:
Kilo-Gram, Seminudismus, Sportwahn, Textilnostalgie

ANNEKTERIE

(engl. towel disease)

Beschreibung:
Palma de Mallorca, 05.15 Uhr. Kaum spiegeln sich die ersten Strahlen der aufgehenden Sonne auf dem ruhigen Meer, huschen die Erkrankten im Halbschlaf und mit reichlich Frottierware bewaffnet durch die Dämmerung. Ihr Ziel heiß Pool.

Ihr Auftrag: Lebensraumsicherung. Ihre Krankheit: Annekterie.

Verbreitung:
Tritt insbesondere bei deutschen Pauschaltouristen auf – behaupten zumindest die Briten.

Symptome:
Während sich der liebe Gott (zumindest im katholischen Glauben) auf Erden regelmäßig durch den Papst vertreten lässt, delegieren die an Annekterie leidenden Personen diese verantwortungsvolle Aufgabe gerne an ihre Handtücher. Vor allem, wenn es darum geht, ihr Revier abzustecken und sich die ohnehin viel zu knapp bemessenen Plätze am Hotelpool zu sichern.

Ebenso wie den vermeintlichen Schöpfer von Himmel, Erde und Pauschaltourismus, bekommen die Miturlauber auch die Erkrankten nur äußerst selten zu Gesicht. Zumindest vor der Mittagszeit. Das ist allerdings kein Wunder – immerhin waren sie ja bereits zu einer äußerst unchristlichen Zeit auf den Beinen, um sich ihre Liegen zu reservieren. Grund genug, sich anschließend nochmals für ein paar Stunden genüsslich aufs Ohr zu hauen.

Wagt es in der Zwischenzeit ein anderer Urlauber, sich an »ihren« Liegestühlen zu vergreifen, werden die Betroffenen äußerst ungemütlich. Schließlich haben sie für den Urlaub eine Stange Geld bezahlt. Dass dies auch auf ihre Mitreisenden zutrifft, ist für sie dabei kein tragendes Gegenargument.

Besonders kritisch wird diese Urlaubskrankheit, wenn sich gleich mehrere Betroffene in derselben Ferienanlage aufhalten.

Nicht selten sind dabei morgens um 05.30 Uhr bereits alle Liegen an Pool und Strand sowie die besten Stühle im Frühstücksraum komplett mit Handtüchern, Büchern oder Sonnencremetuben belegt.

Behandlungsmöglichkeiten und Prophylaxe:
Manchmal hilft schon ein wenig Zynismus. Zum Beispiel mit Kommentaren wie: »Jetzt hat man endlich auch mal ein Gesicht zum Handtuch ...«

In schwereren Fällen empfiehlt es sich, die Handtücher der Betroffenen vor ihrer Ankunft genüsslich durch die hoteleigene Kläranlage zu ziehen.

Rechtliche Beurteilung:
Falls Sie ernsthaft auf die Idee kommen sollten, Ihren Reiseveranstalter zu verklagen, weil die Anzahl der zur Verfügung stehenden Sonnenliegen kleiner als die Anzahl der anwesenden Urlauber ist: Vergessen Sie's! Das haben vor Ihnen bereits andere Touristen probiert – mit äußerst bescheidenem Erfolg. So stellte etwa das Amtsgericht Duisburg in einem Urteil vom 21. 01. 2002 (Aktenzeichen 53 C 5169/01) fest, dass Reiseveranstalter nicht dazu verpflichtet sind, jedem Hotelgast einen eigenen Liegestuhl bzw. einen eigenen Sonnenschirm zur Verfügung zu stellen. Zumindest, wenn dies zuvor nicht ausdrücklich zugesichert wurde.

Doch es kommt in besagtem Urteil noch schlimmer: »Soweit die Reiseveranstalterin Liegestühle und Sonnenschirme ohne Zahlenangabe zusichert, müssen diese lediglich in einem angemessenen Verhältnis zu den Hotelgästen stehen, was bereits bei einem Anteil von 20 Prozent anzunehmen ist.«

Ein Ende der täglichen Handtuch- und Liegestuhl-Schlachten ist somit nicht absehbar.

Verwandte Krankheiten:
Duschbrand, Platzqual, Teutonismus, Überbuchung

FUSSPILZ

(lat. tinea pedis, gr. funghicitis)

Beschreibung:
Unappetitliche, hochgradig juckende Infektionskrankheit, befällt hauptsächlich die Zehenzwischenräume sowie die Fußsohle

Verbreitung:
Sehr hoch. Nach wissenschaftlichen Untersuchungen beträgt die Infektionsrate sogar bis zu 65 Prozent. Kein schöner Gedanke.

Krankheitserreger:
Fadenpilze. Diese finden Sie bei genauem Hinsehen (bzw. Hineintreten) auf Fußböden von Hotelzimmern, Badvorlegern, am Swimmingpool oder in Umkleidekabinen. Aber auch Sport- und Wanderurlauber sind nicht vor den Dreckdingern gefeit. Zum Beispiel, wenn sie den ganzen Tag in warmen, luftundurchlässigen Socken und Schuhen durch die Gegend latschen.

Behandlungsmöglichkeiten und Prophylaxe:

1.) Das Tragen von luftigen Bade- und Hausschuhen kann die Infektionsgefahr drastisch reduzieren. Zugegeben: Die sehen meistens ziemlich scheiße aus und gelten vor allem bei männlichen Urlaubern auf Brautschau als extrem uncool und unmaskulin. Alles in allem aber immer noch besser, als die Angebetete mit peinlichen Sprüchen wie »Komm, ich zeig dir mal meinen Fußpilz« ins Hotelzimmer zu locken oder beim ersten Date gar Socken in den Sandalen tragen zu müssen. Noch weniger empfehlenswert als Barfußlaufen sind übrigens die an vielen Pools angebrachten Desinfektionsduschen. Diese bewirken vielmehr genau das Gegenteil, da sie infizierte Hautschüppchen befallener Badegäste munter an bis dato noch gesunde Urlauber weiterverteilen. Ein Glück, dass die Fußduschen meistens defekt oder leer sind.
2.) Immer schön die Zehenzwischenräume putzen. Und vor allem: nicht kratzen!

Verwandte Krankheiten:

Glutblase, Reise-Mysophobie

GLUTBLASE

(lat. combustio pedali)

Beschreibung:
Schmerzhafte Folge der Annahme, die glühende Sonne würde alles erhitzen, nur nicht den sandigen Strandabschnitt vom eigenen Liegeplatz bis zum Meer (oder der Strandbar)

Verbreitung:
Überall, wo es Sandstrände und lebensmüde Urlauber ohne Badeschuhe gibt. Erhöht wird das Risiko (bzw. der Verbrennungsgrad) durch schwarzen Sand vulkanischen Ursprungs, wie er zum Beispiel auf der Kanareninsel Lanzarote vorkommt.

Vorbeugende Maßnahmen:
Im Schatten liegen bleiben. Vor allem in der Mittagshitze. Es sei denn, an ihren Fußsohlen hat sich durch das exzessive »Feuerlaufen« bereits eine zentimeterdicke Hornhautschicht gebildet.

Behandlungsmöglichkeiten und Prophylaxe:
Viele Betroffene glauben, dass ungelenke Hüpfbewegungen im heißen Sand für Abhilfe sorgen könnten. Andere versuchen hingegen, die Schmerzen durch eine Erhöhung der Schrittfrequenz zu lindern. Angeblich soll es einem aus der Lüneburger Heide stammenden Urlauber dabei sogar einmal gelungen sein, den aktuellen Rekord im Hundertmeterlaufen zu brechen. Leider erkannte der internationale Leichtathletikverband das von seiner Begleitung aufgenommene Youtube-Video nicht als Be-

weismittel an, woraufhin der Tourist seine sportliche Karriere umgehend für beendet erklärte. Heute betreibt er einen florierenden Handel mit Badesandalen und Verbrennungssalben.

Verwandte Krankheiten:
Fußpilz, Toastmal, Zombiss

HUTOPIE

(lat. sombrerose mexicali, dt. Ascot-Syndrom)

Beschreibung:
Irrglaube, sich durch das Tragen alberner Sonnenhüte von den angeblich schädlichen Einflüssen der Sonne auf das Gehirn schützen zu können

Symptome:
Infolge einer mangelhaften Luftzirkulation und der damit einhergehenden Überhitzung der Kopfhaut kommt es bei den Betroffenen regelmäßig zu ernsthaften Schädigungen des Nervengewebes im Gehirn. Diese äußern sich durch irrrationale, mit gesundem Menschenverstand nicht nachvollziehbare Kurzschlusshandlungen – wie etwa dem fortwährenden Erwerb immer noch albernerer Kopfbedeckungen am Ferienort.

Verbreitet wird dieses (vor allem bei Frauen beliebte) Reiseleiden hauptsächlich durch ortsansässige Strandhändler und Souvenirladenbesitzer sowie die weltweit agierende Sonnenhutmafia.

Behandlungsmöglichkeiten und Prophylaxe:
Immer einen kühlen Kopf bewahren – erst recht im Urlaub!

Verwandte Krankheiten:
Textilnostalgie

KNOPFHÖRER
(lat. morbus ipodis)

Beschreibung:
Meeresrauschen? Welches Meeresrauschen???

Verbreitung:

Bis vor wenigen Jahren waren Knopfhörer vorwiegend unter den jüngeren Reisenden zu finden. Mittlerweile hat sich das Phänomen jedoch auf nahezu alle Altersklassen ausgebreitet.

Diagnose:

Den Knopfhörer erkennen Sie – wie es die Bezeichnung bereits vermuten lässt – an seinen nahezu dauerhaft durch kleine Plastikpfropfen verschlossenen Gehörgängen. In Fachkreisen werden diese Dinger auch »Knopf-Kopfhörer« oder »In-Ears« genannt. Grund für das seltsame Verhalten ist ein besonders stark ausgeprägtes Interesse an Musik oder Hörbüchern. In seltenen Fällen versucht sich der Knopfhörer jedoch auch, bewusst von seiner akustischen Umwelt abzukapseln. Zum Beispiel als Schutz vor seinem redseligen Ehepartner oder den plärrenden Kindern unter dem Sonnenschirm nebenan.

Prinzipiell ist das nicht weiter tragisch und zum Teil durchaus verständlich. Allerdings wird der Knopfhörer dann zum Problem, wenn er mit seinem portablen Musikspieler wiederum seiner Umwelt auf die Nerven geht. Etwa durch einen derartig hohen Lautstärkepegel, dass er streng genommen gar keine Kopfhörer mehr bräuchte. Oder dann, wenn zu den Pfropfen im Ohr auch noch Tomaten auf den Augen hinzukommen und er seine Mitmenschen nach Belieben anrempelt oder umrennt, wie es vielfach bei Strandjoggern der Fall ist.

Abgesehen davon, reduziert die Kopfhörersucht das eigene Urlaubsvergnügen drastisch. Was wäre schließlich das Meer ohne Rauschen? Oder ein Strandtag ohne das unbeschwerte Jauchzen glücklicher Kinder? Eine erholsame Nacht im Luxusdomizil ohne das besänftigende Schnarchen des Ehemanns …

Behandlungsmöglichkeiten und Prophylaxe:
Ab und an auch akustisch am wahren Leben teilhaben! Wenn Sie sich trotzdem von Ihren geschwätzigen Mitreisenden abkapseln möchten, stellen Sie einfach die Musik ab und lassen Sie die Kopfhörer drin. Merkt garantiert niemand.

Verwandte Krankheiten:
Disharmonie, Fotografie, Restless-Kids-Syndrom

LANDWURM

(gr. marinalgie, dt. (geh.) H_2*-ph-O-bie)*

Beschreibung:
Wasser ist zum Waschen da. Okay, eventuell noch zum Zähneputzen. Das war's dann aber auch schon.

Symptome:
Landwürmer sind äußerst seltsame Lebewesen. Erst geben sie Unsummen dafür aus, ihren Urlaub direkt am Meer oder inmitten einer traumhaften Poollandschaft verbringen zu dürfen, um anschließend das feuchte Element zu meiden wie der Teufel das Weihwasser. Jedoch ist ihre Aversion vor dem öffentlichen, kühlenden Nass in der Regel eher weltlich statt spirituell begründet. Etwa in der Angst vor ins Becken pinkelnden Kindern oder ungewaschenen, transpirierenden Menschen.

Somit verbringt der Landwurm seinen Urlaub größtenteils damit, laufend die schier unmenschliche Hitze zu bemängeln und unzählige Badetücher bzw. Strandliegen durchzuschwitzen.

Dass er infolgedessen selbst zum Hygienerisiko mutiert, ist ihm indes ziemlich schnuppe. Schließlich ist es ja nur sein eigener Schweiß.

Weitere Ursachen:
Mitunter können auch empfindliche Temperaturrezeptoren für den Ausbruch der Landwurm-Krankheit verantwortlich sein. Diese Menschen erkennen Sie an ihrer flächendeckenden Gänsehaut bei Außentemperaturen unter 30 Grad Celsius.

Behandlungsmöglichkeiten und Prophylaxe:
Neoprenanzug

Verwandte Krankheiten:
Fußpilz, Zombiss

LIEGENKRAMPF
(gr. horizontalgie)

Beschreibung:
Unglaublich, aber wahr: Der Großteil aller Strandurlauber verbringt die Ferien nahezu komplett im Liegen. Sehr zur Freude von Orthopäden oder Physiotherapeuten, denen sie nach der Heimkehr förmlich die Bude einrennen.

Krankheitsverlauf:

08.00 Uhr: Aufstehen. Kurzer Gang ins Bad und dann ab auf die Sonnenliege am Pool

08.30 – 09.00 Uhr: Ausgiebige Informationsversorgung im BILD-Sitz (Rückenlage mit senkrecht aufgestellter Rückenlehne)

09.00 – 09.30 Uhr: Frühstückspause (sitzend)

09.30 – 11.00 Uhr: Lektüre des mitgebrachten Krimis im Lesehänger (Bauchlage mit gesenktem Kinn und herabbaumelnden Armen)

11.00 – 12.00 Uhr: Besonnungsphase in der klassischen Pool-Position (mit hinter dem Kopf verschränkten Händen auf dem Rücken liegend)

12.00 –
13.00 Uhr: Mittagessen (sitzend
13.00 –
13.30 Uhr: Kurzes Nickerchen in der Embryonalstellung
13.30 –
14.30 Uhr: Wechsel in den X-Lay (flache Rückenlage mit ausgespreizten Armen und Beinen)
14.30 –
15.00 Uhr: Badepause im Pool (mit Luftmatratze, Bauchlage)
15.00 –
15.30 Uhr: Trocknungsphase im Sonnen-N (Rückenlage mit aufgestellter Lehne und angewinkelten Beinen)
15.30 –
17.00 Uhr: Abschließendes Kreuzworträtsellösen in der aufgerichteten Seitenlage (wahlweise nach rechts oder links gedreht)

Häufige Folgeerscheinungen:
Eingeschlafene Gliedmaßen oder Gesäßteile, Nackenschmerzen, Rücken- und Ischiasbeschwerden, Bandscheibenvorfall

Behandlungsmöglichkeiten und Prophylaxe:
Bewegung. Zum Beispiel können Sie in dem mit Wasser gefüllten Loch, um das die zahllosen Sonnenliegen herumstehen, tatsächlich schwimmen – und zwar auch ohne aufblasbares Gummizeug. Falls Ihnen das zu nass sein solle: Wie wäre es alternativ mit einer Runde Minigolf?

Verwandte Krankheiten:
Kilo-Gram, Strandpanade

NUDISMUS

(gr. fkkitis, engl. DDR-Disease)

Beschreibung:
Unangebrachte Zurschaustellung von primären und sekundären Geschlechtsorganen

Verbreitung:
Eher selten bei gut aussehenden, athletisch gebauten Menschen. Eher häufig bei allen anderen.

Symptome:
Was kann es Schöneres geben, als die Ferien am Strand so zu verbringen, wie Gott uns alle schuf? So ziemlich viel – denken sich womöglich die Leser, die nicht von diesem Reiseleiden betroffen sind. Beispielsweise ein beherzter Tritt in einen Seeigel ...

Im Gegensatz dazu ist es für die Nudisten der Inbegriff von Freiheit und innerer Glückseligkeit, beim Sonnenbad auf lästige Bekleidungsstücke wie Badehosen oder Bikinis zu verzichten und ihre wohlbeleibten, stark behaarten Astralkörper stattdessen gänzlich hüllenlos dem Spiel der Gezeiten auszusetzen.

Das hat aber nichts damit zu tun, dass sich die Betroffenen keine Badebekleidung leisten könnten oder es selbige in ihren Größen womöglich gar nicht käuflich zu erwerben gibt.

Vielmehr handelt es sich beim Nudismus um eine Weltanschauung, in der es primär darum geht, unnötige Zwänge und Einengungen zu bekämpfen – sei es als Zeichen des politischen Protests oder als Spätfolge einer stark autoritär geprägten Erziehung.

Umgang mit den Erkrankten:
Ironischerweise geben zahlreiche Ferienunterkünfte vor, Verständnis für die Betroffenen zu haben, um sie anschließend in durch hohe Zäune abgegrenzte sowie räumlich stark eingeengte Strandabschnitte zu pferchen, in denen sie ihre Neigung jenseits der neugierigen Blicke bekleideter Urlauber »(textil-)frei« ausleben dürfen. Von einer Integration der Nudisten in den normalen Ferienalltag kann somit noch lange keine Rede sein. Gott sei Dank.

Häufige Folgeerscheinungen:
Sand in der Pofalte, Genitalsonnenbrand

Rechtliche Beurteilung:
Ist FKK am allgemein zugänglichen Hotelstrand geduldet, ohne dass dies in den Reiseunterlagen erkennbar war, liegt ein Reise-

mangel vor, für den 20 Prozent Minderung des Reisepreises gerechtfertigt sind. So entschied jedenfalls das Oberlandesgericht Frankfurt in einem Urteil vom 20. 03. 2003 (Aktenzeichen 16 U 143/02). Schließlich, so die Richter, entspreche es nicht jedermanns Geschmack, ohne Vorwarnung plötzlich wildfremde nackte Menschen um sich herum zu sehen. Diese sehr spezielle Art der Urlaubsgestaltung könne das Ästhetik- und Schamempfinden des Reisenden stören und die Urlaubsfreuden damit erheblich beeinträchtigen.

Behandlungsmöglichkeiten und Prophylaxe:
Vernünftig anziehen!

Verwandte Krankheiten:
Seminudismus, Textilnostalgie

PAZ

(dt. Pickel-Ausdrück-Zwang, lat. akne popularis)

Beschreibung:
Pathologischer Drang, den Partner in aller Öffentlichkeit von Hautunreinheiten befreien zu müssen

Verbreitung:
Betrifft nahezu ausnahmslos Personen weiblichen Geschlechts.

Symptome:
Die Sonne strahlt von einem stahlblauen, wolkenlosen Himmel. Während der feine Sand die Zehen gleich einem seidigen Tuch umschmeichelt, vermischt sich das Meeresrauschen mit dem Lachen am Strand herumtollender Kinder zu einer traumhaften akustischen Urlaubskulisse. Alles könnte so perfekt sein …

Wäre da nicht das Paar schräg gegenüber, dessen weiblicher Part gerade voller Hingabe damit beschäftigt ist, die Eiterpusteln auf dem Rücken des Göttergatten mit sonnenmilchgetränkten Fingern zu bearbeiten. Dass mehrere Dutzend Miturlauber das Spektakel mit der morbiden Faszination eines Autounfalls mitverfolgen, ist der halb auf ihrem Partner liegenden Pickeleliminiererin dabei ziemlich egal – schließlich sind die Lichtverhältnisse gerade derart optimal, dass sich selbst jeder noch so kleine Mitesser mit bloßem Auge erkennen lässt.

Ursachen:
Über die genauen Ursachen des Pickel-Ausdrück-Zwangs sind sich Experten bislang uneinig. Während manche diese ekelhafte Verhaltensweise als eine Art Fetisch betrachten, also eine stark ausgeprägte erotische Komponente in den Vordergrund stellen, erklären andere den Ursprung des PAZ eher evolutionsbiologisch. Ähnliche Verhaltensweisen seien beispielsweise bei den Primaten zu beobachten, bei denen gegenseitiges Lausen die Bindung zwischen zwei Tieren stärkt und als großer Liebesbeweis gedeutet werden kann. Anders formuliert: Fremdpickelausdrücker(innen) sind also entweder pervers oder zurückgeblieben.

Häufige Folgeerscheinungen beim Partner:
Schwere Entzündungen bis hin zu dauerhaft vernarbten Körperstellen, sukzessiver Verlust von Stolz und Selbstachtung

Behandlungsmöglichkeiten und Prophylaxe:
Neuer Freund/Mann (möglichst pickelfrei)

Verwandte Krankheiten:
Fußpilz

RAYBANIASIS

(engl. Good Price!, dt. Entwicklungshilfe)

Beschreibung:
Durch falsches Mitleid oder grenzenlose Gutgläubigkeit verursachter Bezug von überteuerten, minderwertigen Waren am Strand

Krankheitsverlauf
(exemplarisch reduziert auf die Zeit von 10.00–12.00 Uhr an einem ganz normalen Strandtag, chronologisch):

Sonnenbrillen, Uhren, Luftmatratzen, Handtücher, aufblasbare Tiere, Sonnenbrillen, Eis (in mittlerweile leicht verändertem Aggregatzustand), Massagen, Badebekleidung, Kinderspielzeug, Sonnenbrillen, Schmuck, Flip-Flops, American Nails, »frische« Ananas, handgeschnitzte Elefanten und Krokodile, Uhren, Fußballtrikots, Sonnenbrillen.

Krankheitserreger:
Als Auslöser der Raybaniasis gelten die sogenannten »Schwarzhändler«, deren Aktionsradius sich zumeist zwischen der Strandlinie und dem Beginn der Hotelanlagen erstreckt.

Zu erkennen sind sie in der Regel an ihren Bauchläden oder Umhängetaschen sowie äußerst rudimentären Fremdsprachenkenntnissen. Letztes versuchen sie jedoch, mit Charme und einem unglaublichen verkäuferischen Geschick wettzumachen. So bezeichnen sie ihre potenzielle Kundschaft gerne als »my friend«, um ihnen gleich darauf ein sagenhaft exklusives Angebot zu unterbreiten. Dass es sich bei der feilgebotenen Marken-Sonnenbrille für umgerechnet 20 Euro um ein Billigimitat aus Fernost handelt, behalten die neu gewonnenen Freunde natürlich für sich. Schließlich kommen die Opfer ja aus Europa oder Amerika, wo das Geld bekanntermaßen an den Bäumen wächst. Somit können sie für den angebotenen Schrott ruhig ein bisschen tiefer in die Tasche greifen.

Verweigert der potenzielle Kunde wider Erwarten dennoch das Interesse, versuchen es die Schwarzhändler mit weiteren Verkaufsargumenten, die sie in einer wilden Mischung aus Deutsch, Englisch und Suaheli/Thai vortragen. Ruhe geben sie erst, wenn das Geschäft unter Dach und Fach ist – oder sie vom nächsten Kollegen abgelöst werden.

Mögliche Folgeschäden:
In einer Untersuchung besagter Produkte stellte der TÜV Rheinland zum Teil gravierende Mängel fest. So können die gefälschten Sonnenbrillen aufgrund von miserabel konstruierten Filtern beispielsweise Kopfschmerzen oder Schwindelgefühle hervorrufen, während man bei am Strand erworbenen Spielsachen mitunter gefährlich hohe Konzentrationen an krebserregenden Weichmachern nachweisen konnte. Erkundigen Sie sich vor dem Erwerb also unbedingt nach der jeweiligen Materialzusammensetzung. Kleiner Tipp: Weichmacher heißt auf Suaheli »plasticizers«.

Behandlungsmöglichkeiten und Prophylaxe:
Geldbeutel im Zimmer lassen!

Verwandte Krankheiten:
Naivität, Spendierlaune, Souvenirie

SCHIRMATOM

(lat. malum umbraculum)

Beschreibung:

Ist es ein Vogel? Ist es ein Flugzeug? Nein! Offensichtlich war wieder nur ein Vollhonk zu blöd, seinen Sonnenschirm ordnungsgemäß im Sand zu befestigen.

Verbreitung:

Diese mitunter ziemlich schmerzhafte Globetrottelei tritt hauptsächlich in windstärkeren Regionen auf. Beispielsweise an der Nordseeküste oder auf den Kanaren, dort vor allem Fuerteventura (»starker Wind«).

Symptome:

Eher häufig: Blutergüsse, Veilchen, Prellungen

Eher selten: Verstauchungen, Knochenbrüche, ausgestochene Augäpfel

Behandlungsmöglichkeiten und Prophylaxe:

Präventive Maßnahmen: Fixieren Sie den Sonnenschirm so, dass er Ihnen oder Ihren Strandnachbarn auch bei etwas stärkeren Windböen nicht gleich um die Ohren fliegt.

Nachsorge:

Arnikasalbe, Bärchenpflaster

Verwandte Krankheiten:

Sonnenbrand

SCHLAPPATMUNG

(lat. aeropenie, dt. Morbus Gummiboot)

Beschreibung:
Bedenkliche Abnahme der Sauerstoffkonzentration im Blut

Verbreitung:
Tritt insbesondere nach exzessivem Zuführen von Atemluft in Luftmatratzen, Schwimmflügel oder aufblasbares Wasserspielzeug auf.

Gefährdeter Personenkreis:
Familienväter in küstennahen Urlaubsregionen

Erscheinungsformen:
Leichte Ausprägung: Atemnot, Erschöpfungsgefühle
Mittlere Ausprägung: kurzzeitiges Aussetzen der Atmung, Schweißausbrüche, Schwindel
Starke Ausprägung: bläulich bis violette Verfärbung der Gesichtshaut, Ohnmacht

Behandlungsmöglichkeiten und Prophylaxe:
Präventive Maßnahmen: Luftpumpe
Nachsorge: Gibt sich wenige Minuten später meistens von ganz alleine. Falls nicht: reanimieren

Verwandte Krankheiten:
Vögelgrippe

SONNENALLERGIE

(dt. [vulg.] Vampirismus, engl. cheesecake syndrome)

Beschreibung:
Panische Angst vor Sonnenstrahlen

Verbreitung:
Tritt vorwiegend in (sub-)tropischen Regionen auf. In seltenen Fällen allerdings auch an der Nordsee oder im heimischen Freibad.

Symptome:
Sonnenlicht ist böse! Nicht nur, dass die darin enthaltenen UVB-Strahlen für fiesen Sonnenbrand oder gar Hautkrebs sorgen, auch die Folgen eines Hitzeschlags sind alles andere als harmlos. Deshalb tun die Betroffenen alles Menschenmögliche, um sich vor der Gefahr aus dem All zu schützen. Beispielsweise, indem sie sich den ganzen Tag über ununterbrochen im Schatten aufhalten. Natürlich nicht, ohne sich zuvor flächendeckend mit Sunblocker beschmiert zu haben – schließlich kann man sich ja bekanntermaßen auch im Schatten fürchterliche Verbrennungen zuziehen.

Aufgrund ihres extrem blassen Teints ist die daumendicke Sonnencremeschicht für die Miturlauber jedoch erst dann zu erkennen, wenn sich die Betroffenen bei Sonnenuntergang endlich in den Pool wagen und sich um sie herum sofort ein ekelhafter Fettfilm an der Wasseroberfläche bildet.

Häufige Folgeerscheinungen:
Mitunter werden die Betroffenen für blutsaugende Gespenster oder Anhänger der Gothic-Kultur gehalten. Oder für krank. Schließlich ist es ziemlich unnatürlich, nach einem dreiwöchigen Urlaub auf den Malediven dermaßen blass und käsig zurückzukommen.

Behandlungsmöglichkeiten und Prophylaxe:
Auch mal über den eigenen Schatten springen – zumindest stundenweise.

Verwandte Krankheiten:
Hutopie, Landwurm

SONNENBRAND
(lat. cumbustio solaris)

Beschreibung:
Durch grelles Sonnenlicht und hochsommerliche Temperaturen verursachte Kopfschmerzen oder Übelkeitsgefühle

Verbreitung:
Zur Risikogruppe gehören insbesondere jüngere Urlauber mit einem erhöhten Alkohol- oder Drogenkonsum (siehe auch *Cubalibrismus*).

Symptome:
Hell
Warm
Aua
Schlecht

Häufige Folgeerscheinungen:
Fester Vorsatz, am folgenden Abend auf den Konsum alkoholischer Getränke gänzlich zu verzichten. Vielfach wird dieses Vorhaben allerdings bereits unmittelbar nach (oder kurz vor) dem Frühstück über Bord geworfen.

Behandlungsmöglichkeiten und Prophylaxe:
Schatten, Abstinenz. Gelegentlich können die Beschwerden auch durch die Einnahme von Alka-Seltzer oder den Genuss salzhaltiger Lebensmittel wie Rollmöpse und Essiggurken geringfügig gelindert werden. Vom berühmt-berüchtigten »Konterbier« ist hingegen eher abzuraten.

Verwandte Krankheiten:
Reisediarrhö, Russophobie

STRANDPANADE

(österr. Wiener Wälzer, altdt. Teeren und Federn)

Beschreibung:
Flächendeckende Ganzkörperbenetzung mit unverfestigtem Sedimentgestein, landläufig auch »Sand« genannt

Verstärkende Faktoren:
Fetthaltige Sonnencremes, Salzwasser, Wind

Häufige Folgeerscheinung:
Unbändige Vorfreude auf die Dusche danach. Hierbei ist es immer wieder erstaunlich, bis in welche fern entlegenen Körperregionen und -öffnungen es die feinen Sandpartikel doch schaffen.

Ebenso bemerkenswert ist übrigens die Tatsache, dass es eine ganze Menge von Urlaubern gibt, die das Gefühl, von Kopf bis

Fuß mit einer ekelhaften Fett-Sand-Mischung verklebt zu sein, allen Ernstes als »wohltuend« bezeichnen. Schließlich kommt zu Hause auch niemand auf die Idee, sich den ganzen Körper mit Öl einzureiben, um ihn dann genussvoll in Mehl, einem aufgeschlagenen Ei und im Anschluss in Paniermehl, Hartweizengries oder den versehentlich im Koffer bzw. den darin befindlichen Bekleidungsstücken mitgebrachten Sandresten aus dem letzten Urlaub zu wälzen.

Behandlungsmöglichkeiten und Prophylaxe:
Rückzug an den mit Steinfliesen belegten Poolbereich. Aber bitte vor der obligatorischen Arschbombe ins Schwimmbecken das Duschen nicht vergessen!

Verwandte Krankheiten:
Liegenkrampf

TEXTILNOSTALGIE

(lat. vesticiose vacanci)

Beschreibung:
Konsequente Ablehnung von zeitgemäßer, passender Freizeit- und Badebekleidung

Verbreitung:
Bei der Textilnostalgie handelt es sich tendenziell eher um ein Männerleiden.

Symptome:
»Wieso optisch ins Zeug legen? Mich kennt dort doch eh keiner!« So oder so ähnlich muss die Devise der Betroffenen beim Packen lauten. Bedenkenlos greifen sie dabei in die entlegensten Winkel ihrer Kleiderschränke, um dort »Schätze« ans Tageslicht zu befördern, die – wären sie ein Auto – bereits seit Längerem mit einem H-Kennzeichen versehen oder verschrottet worden wären.

Dass das Tragen von Hawaiihemden mittlerweile höchstens noch bei Jürgen von der Lippe und Tom Selleck akzeptiert wird, ist dem Textilnostalgiker ebenso Wurst wie die Tatsache, dass die Anzahl an Jahren seit dem Erwerb der (einzigen!) Badehose ungefähr auch seinem seither zugelegten Körpergewicht in Kilogramm entspricht. Seinerzeit ist Jürgen von der Lippe mit »Guten Morgen, liebe Sorgen« gerade frisch in die deutschen Charts eingestiegen, und Tom Selleck war in der Rolle als Thomas Magnum auf dem Höhepunkt seiner Karriere. Außerdem stand die Mauer noch.

Im Gegensatz zu ihren Miturlaubern haben die Betroffenen jedoch einen klaren Vorteil: Aufgrund ihrer mittlerweile respektablen Körperfülle können (bzw. müssen) sie sich das modische Badehosen-Fiasko nicht selbst mit ansehen. Für alle anderen gilt: Einfach wegschauen.

Behandlungsmöglichkeiten und Prophylaxe:
Materialverschleiß. Notfalls lässt sich dieser auch künstlich herbeiführen. Zum Beispiel, indem Sie die entsprechenden Kleidungsstücke kurz in säurehaltige Lösung tauchen.

Verwandte Krankheiten:
Adonie, Nudismus, Seminudismus

VERMEERUNG
(dt. Strandhochzeit, engl. beachparty)

Beschreibung:
Kann es etwas Schöneres und Romantischeres geben, als sich bei strahlendem Sonnenschein am kristallklaren Meer das (hoffentlich) endgültige Jawort zu geben? Am besten noch klammheimlich und ohne die bucklige Verwandtschaft im Schlepptau?

Symptome:
Ja! Und zwar aus folgenden Gründen:

1.) In den bei heiratswilligen Paaren besonders beliebten Regionen (zum Beispiel den Malediven, den Seychellen oder auf Hawaii) ist es zu den bei heiratswilligen Paaren besonders beliebten Jahreszeiten (Mai bis August) nicht nur heiß, sondern verdammt heiß. Für die Frau mag das ja noch ein halbwegs lösbares Problem darstellen, da kurze, luftdurchlässige Brautkleider durchaus gängig und gesellschaftlich anerkannt sind. Aber denkt vielleicht auch mal jemand an den armen Bräutigam, dessen senfgelber Hochzeitsanzug sich bereits auf dem Weg vom Hotelzimmer zum Strand an bestimmten schweißintensiven Körperregionen dunkelbraun färbt? Wie sieht das denn auf den Bildern aus ...

2.) Apropos Hochzeitsbilder: Ist es wirklich erstrebenswert, bei den Aufnahmen vom schönsten Tag des Lebens den dickbäuchigen Engländer im Hintergrund zu haben, der »zufällig« gerade mit seiner Luftmatratze vorbeipaddelte, als er den Fotografen erblickte? Dasselbe gilt auch für die Hotelbelegschaft, die sich in vielen Unterkünften gratis als »Hochzeitsgesellschaft« zur Verfügung stellt, damit die Zeremonie nicht ganz so armselig aussieht.
3.) Sand in den Schuhen.
4.) Mutti! Was ist mit Mutti?! Sie wird aus allen Wolken fallen, wenn sie erfährt, dass sie am großen Tag ihres Sohnes (bzw. ihrer Tochter) komplett außen vor gelassen wurde – von den ausbleibenden Geschenken und dem sich drastisch reduzierenden Erbe einmal ganz zu schweigen. Teilweise sind daran schon ganze Familien zerbrochen.
5.) Traurig, aber wahr: Jede zweite Ehe geht über kurz oder lang in die Brüche. Sparen Sie sich das Geld für das Hochzeits-Spektakel also lieber für die Scheidung auf – selbst wenn es bei Honeymoon-Gästen eine Flasche Sekt aufs Haus gibt.

Behandlungsmöglichkeiten und Prophylaxe:
Urlaub machen! Heiraten können Sie notfalls immer noch zu Hause.

Verwandte Krankheiten:
Beischlaflosigkeit, Disharmonie, Einzelbettfrust, Nebenschwitzer

VÖGELGRIPPE

(lat. oculose lido, dt. [vulg.] solare Spanndemie)

Beschreibung:

Irrglaube, Urlauberinnen in Bikinis oder Badeanzügen würden mit der Wahl ihrer Bekleidung automatisch die Bereitschaft zu schnellem, hemmungslosem Sex signalisieren

Verbreitung:

Tritt häufig bei männlichen (Single-)Urlaubern mit erhöhtem Testosteronspiegel auf.

Diagnose:

Mit frisch eingeölter Hühnerbrust schlurfen sie lässig durch den heißen Sand, um möglichst auffällig nach neuen Opfern Ausschau zu halten. Vögelgrippe-Patienten sind dabei in erster Linie an ihren lüsternen Blicken und ausgebeulten Badehosen zu erkennen – insbesondere, wenn sie eine attraktive und augenscheinlich allein reisende Person weiblichen Geschlechts in Badebekleidung entdecken.

Gerne verwenden sie zur Kontaktaufnahme mit ihren potenziellen Kopulationspartnern nonverbale Kommunikationsformen wie Hinterherpfeifen, Zuzwinkern oder grenzdebiles Anstieren.

Entspricht die Antwort des leichtbekleideten Gegenübers nicht der von ihnen erwünschten Reaktion (also in rund 99 Prozent aller Fälle), fassen die Erkrankten dies als Einladung dazu auf, Stufe zwei ihres Balztanzturniers einzuleiten. Diese besteht beispielsweise aus subtilen Suggestivfragen wie: »Auch hier?«, »Ganz schön heiß, was?« oder »Du möchtest doch sicherlich, dass ich dir den Rücken eincreme?«

Oft ertränken die Erkrankten am Ende eines wieder einmal erfolg- und geschlechtsverkehrlosen Urlaubstags ihren Frust in Hochprozentigem. Unter Alkoholeinwirkung erweitern sie ihr Beuteschema schließlich auf *alle* weiblichen Personen in ihrem Umfeld – unabhängig von Attraktivität oder jeweiligem Beziehungsstatus.

Häufige Folgeerscheinungen:
Gebrochene Nasen- und Jochbeine, Hepatitis A bis F, Samenstau

Bevorzugter Urlaubsort:
Mallorca, Rügen, Thailand

Behandlungsmöglichkeiten und Prophylaxe:
Gummipuppe (Achtung: Gefahr von *Schlappatmung!*)

Verwandte Krankheiten:
Beischlaflosigkeit, Cubalibrismus, Einzelbettfrust

ZOMBISS

(lat. morbus medusa)

Beschreibung:
Durch den direkten Körperkontakt mit fiesen Seeungeheuern hervorgerufene Verletzungen oder Verbrennungserscheinungen

Verbreitung:
Pazifik, Atlantik, Indischer Ozean, Mittelmeer, Nordsee

Ursache:
Hirnlose, widerwärtige Glibberzombies – landläufig auch »Quallen« genannt. Neben Moskitos, Zecken und Kakerlaken handelt es sich bei dieser Spezies wohl um eine der unnützesten Errungenschaften der Schöpfung. Nicht nur, dass sie aussehen wie verschimmelter Wackelpudding, die Dinger bedrohen darüber hinaus auch noch den Erholungsraum unzähliger Strandurlauber.

Symptome:
Mancherorts hält sich immer noch das Gerücht, dass das Gift, welches Quallen bei der Berührung mit menschlicher Haut absondern, für den Menschen lebensgefährlich sein soll.

Das ist natürlich Blödsinn. Die meisten Berührungen fühlen sich lediglich an, als würden Sie auf eine glühende Herdplatte fassen – mit dem kleinen Unterschied, dass Herdplatten weitaus intelligenter sein dürften als die giftspritzenden Meeresmonster.

Behandlungsmöglichkeiten und Prophylaxe:
Vorsorge: siehe *Landwurm*
Nachsorge: Viele Zombiss-Opfer neigen dazu, die brennenden Hautpartien mit Süßwasser abzuspülen. Kann man zwar machen, tut dann aber noch mehr weh. Als weniger schmerzhaft und weitaus effektiver hat es sich hingegen erwiesen, die entsprechenden Stellen mit Sand, Rasierschaum oder Backpulver zu behandeln. Letzteres sollten Sie allerdings nicht in kleine Plastiktütchen verpacken und mit ins Handgepäck nehmen. Das könnte bei der Ein- oder Ausreise ansonsten für unnötige Diskussionen sorgen …

Verwandte Krankheiten:
Glutblase, Moskitismus, Wespenstich

KULTUR, ERHOLUNG, FREIZEIT

ABSCHALTSCHWÄCHE

(lat. relaxiopenie)

Beschreibung:

Notorische Unfähigkeit, den Arbeitsalltag während des Urlaubs zu Hause zu lassen, häufig in Verbindung mit dem Gefühl, im Büro unentbehrlich zu sein

Verbreitung:

Tritt überdurchschnittlich oft in Hotels mit flächendeckender WLAN-Verfügbarkeit auf.

Krankheitsverlauf:

06.55 Uhr: Der Wecker klingelt.

06.58 Uhr: Ein erster flüchtiger Blick auf den Dienst-Blackberry. Dreizehn neue E-Mails.

08.10 Uhr: Nachdem die elektronische Korrespondenz weitestgehend erledigt ist, weckt der Betroffene die neben ihm liegende Person.

08.16 Uhr: Während sich selbige im Badezimmer der Morgentoilette widmet, überbrückt der Betroffene die Zeit mit diversen geschäftlichen Telefonaten. Leider wird der direkt Vorgesetzte nicht erreicht. Die Sekretärin sichert jedoch einen zeitnahen Rückruf zu.

08.43 Uhr: In der Schlange des Frühstücksbuffets sorgt der Betroffene für Unruhe und frühmorgendliche Aggressionsschübe. Zum einen hält er mit seinem unangebrachten Verhalten den ganzen Laden auf, zum anderen nervt er seine nach Erholung (und Frühstück) gierende Umwelt im Sekundentakt mit Unwörtern wie »Marktgegebenheiten«, »Effizienzsteigerung« oder »Wertschöpfungskette«.

09.55 Uhr: Nach mehreren erfolglosen Versuchen hat der Betroffene (nebst seiner marginal entnervten Begleitung) endlich einen Platz am Pool gefunden, der seinen Ansprüchen genügt und maximale Erreichbarkeit via WLAN und Handynetz gewährleistet.

10.53 Uhr: Ein herumtollendes Kind bespritzt den Laptop versehentlich mit ein paar Wassertropfen. Der Betroffene erkundigt sich umgehend telefonisch beim Hausjuristen der Firma nach etwaigen Schadensersatzansprüchen.

10.55 Uhr: Große Erleichterung bei allen Beteiligten: Der Laptop funktioniert wider Erwarten immer noch einwandfrei. Zur Feier des Tages erstellt der Betroffene eine Excel-Tabelle.

12.00 Uhr: Mahlzeit!

13.00 Uhr: Meeting zum Thema »Compliance«. Der Betroffene schaltet sich per Videokonferenz zu und stellt die Lautstärke des Laptops – sehr zur Freude der anderen Badegäste – auf Maximum.

15.12 Uhr: Kurze Erholungspause. Der Workaholic liest ein Buch (»Strategisches Management für Fortgeschrittene«).

17.30 Uhr: Feierabend

19.56 Uhr: Abendessen. Die Kommunikation mit dem Partner wird mit den Worten »Wie war dein Tag, Schatz?« eröffnet.

20.48 Uhr: Nette Diskussion mit dem Pärchen am Nachbartisch. Die Frauen unterhalten sich über das Hotel und den Urlaub, die Männer reden übers Büro.

22.30 Uhr: Höchste Zeit fürs Bett – schließlich klingelt um kurz vor sieben schon wieder der Wecker. Zuvor aber noch ein ganz kurzer Blick auf die neu eingegangenen Nachrichten.

Behandlungsmöglichkeiten und Prophylaxe:
Für den Partner: Drohen Sie mit Scheidung, oder verreisen Sie künftig allein.
Für den Betroffenen: Abschalten! Das gilt auch und insbesondere für das Handy und den Laptop.

Verwandte Krankheiten:
Konnexie

ANSCHLUSSSUCHT

(lat. amicose pluralis, dt. Morbus M.O.F.)

Beschreibung:
Überzogene Form der Kontaktfreudigkeit

Verbreitung:
Tritt insbesondere bei alleinreisenden Singles sowie gelegentlich bei Paaren auf.

Symptome:
Kaum in der Ferienanlage angekommen, machen sich die Betroffenen schon auf die Suche nach potenziellen »Opfern«. Dabei klinken sie sich gerne in laufende Gespräche zwischen anderen Urlaubern ein, labern am Buffet ungefragt alles und jeden an, der ihren Weg kreuzt, oder legen sich am Strand mitten in eine Gruppe ihnen bis dato gänzlich unbekannter Menschen. Schließlich ist jeder Urlaub, in dem man nicht mindestens einen Freund fürs Leben findet, ein verlorener Urlaub.

Haben sie endlich einen »Fisch an der Angel«, wird dieser keine Minute mehr aus den Augen gelassen, und zwar für den Rest der gemeinsamen Ferienzeit.

Diagnose:
Typisch für die Anschlusssüchtigen ist unter anderem die konsequente Verwendung der 1. Person Plural: »Wann gehen *wir* essen?«, »Was machen *wir* heute Abend?« oder »Gehen *wir* etwa schon ins Bett?«

Häufig warten sie bereits eine halbe Stunde vor dem vereinbarten Zeitpunkt vor der Zimmertür ihrer neuen Freunde, damit man sich nicht durch irgendeinen dummen Zufall verpasst.

Im fortgeschrittenen Stadium der Anschlusssucht kommt von den Erkrankten mitunter der ernst gemeinte Vorschlag, dass man sich für die verbleibenden Tage doch eigentlich auch ein Zimmer teilen könnte.

Häufige Folgeerscheinungen:
Nähert sich ein anderer Anschlusssüchtiger der Beute des Erkrankten, kann es gelegentlich zu Revierkämpfen und schlimmen Eifersuchtsanfällen kommen.

Umgang mit den Erkrankten:
Geben Sie einem Anschlusssüchtigen auf keinen Fall Ihre richtige Telefonnummer oder Heimatadresse! Sonst sind diese mit an Sicherheit grenzender Wahrscheinlichkeit bereits kurz nach dem gemeinsamen Urlaub »gerade zufällig« in Ihrer Gegend.

Behandlungsmöglichkeiten und Prophylaxe:
Fehlanzeige

Verwandte Krankheiten:
Vitamüdigkeit

ASIAITIS

(lat. morbus studiosus)

Beschreibung:
Stressbedingter Erschöpfungszustand infolge eines (zu) straffen Rundreise- oder Ausflugsprogramms

Ursache:
Morgens Paris, mittags Bilbao, abends Monaco, zwischendrin dann noch kurze Aufenthalte in Bordeaux, Barcelona und Cannes. An Asiaitis leidende Touristen wollen möglichst viel in möglichst kurzer Zeit erleben. Das liegt entweder daran, dass die zur Verfügung stehenden Urlaubstage knapp bemessen sind, oder aber an ihrer chronischen Unfähigkeit, einfach mal dazusitzen und nichts zu tun.

Ideal ist diese Reiseform deshalb für Touristen, die regelmäßig Gefahr laufen, der *Leisure Sickness* zu erliegen. Dank der Asiaitis halten sie das jobbedingte Stresslevel auch im Urlaub konstant hoch und müssen sich nicht mit lästigen Dingen wie Entspannung oder Erholung herumschlagen.

Symptome:
Häufig leiden die Betroffenen an extremer Orientierungslosigkeit, da sie aufgrund des vollgepackten Programms und der damit verbundenen Reizüberflutung keinen Schimmer haben, wo sie eigentlich gerade sind. Weitere Symptome sind Müdigkeit, Ermattung und zunehmende Kraftlosigkeit. In Fachkreisen wird dieses Reiseleiden deshalb auch »Urlaubs-Burn-Out« genannt.

Zudem geht die Asiaitis vielfach mit der *Fotografie* einher. Hierdurch haben die hyperaktiven Urlauber wenigstens im Nachgang die Chance, ihre Reiseroute anhand der gemachten Bilder zu rekonstruieren.

Behandlungsmöglichkeiten und Prophylaxe:
Für Heilung bleibt leider keine Zeit. In fünf Minuten geht's schon wieder weiter …

Verwandte Krankheiten:
Leisure Sickness, Fotografie

COUNTDOWN-SYNDROM

(dt. Pessimismus)

Beschreibung:

Nervige Angewohnheit, laufend das drohende Ende des Urlaubs heraufzubeschwören

Symptome:

»Jetzt sind die Ferien auch fast schon wieder vorbei«, unken die Betroffenen bereits ab der Hälfte des Urlaubs. In schlimmeren Fällen sogar schon weitaus früher.

Statt die noch verbleibenden Ferientage in vollen Zügen zu genießen, rennen die Erkrankten mehrmals am Tag zum Empfangsbereich des Hotels, um zu überprüfen, ob ihre Namen bereits in den dort bereitstehenden Rückreiseordnern zu finden sind. Zwar hat ihnen die Reiseleiterin ausgiebig erklärt, dass dies frühestens am Tag vor der Heimreise der Fall sein wird – aber man weiß ja nie ... Davon abgesehen, beschäftigen sie sich intensiv damit, die Regenwahrscheinlichkeit für ihren Heimatort am Rückreisetag in Erfahrung zu bringen, Tage zu zählen sowie ihrer Umwelt mit Sätzen wie »In 96 Stunden sitzen wir schon wieder im Büro« gehörig auf den Wecker zu gehen.

Die tröstende Zusatzinformation, dass dafür in fünf Monaten auch schon wieder Weihnachten ist, löst bei ihren erholungsuchenden Mitreisenden zumeist nur überschaubare Begeisterungsstürme aus.

Behandlungsmöglichkeiten und Prophylaxe:
Optimismus! Selbst wenn es morgen nach Hause geht, haben Sie immer noch einen kompletten Urlaubstag vor sich. Viele Menschen würden sich danach die Finger lecken.

Verwandte Krankheiten:
Homesickness, Post-Holiday-Syndrom

DISHARMONIE
(lat. disputiasis in extremo)

Beschreibung:
Beunruhigende Häufung von partnerschaftlichen Meinungsverschiedenheiten kurz vor, während oder unmittelbar nach der gemeinsamen Urlaubsreise

Symptome:
Die harten Fakten zuerst:

1.) Bei rund zwei Dritteln aller Paare kracht es im Urlaub gewaltig.
2.) Über 30 Prozent aller Scheidungen werden kurz nach einer gemeinsamen Ferienreise eingereicht.

Aber machen wir uns nichts vor. Beides liegt vermutlich daran, dass sich die Beziehung häufig schon weit vor der Abreise in den Urlaub in einem besorgniserregenden Zustand befindet. Nicht selten versuchen die Betroffenen nämlich, die bereits offen klaffenden Wunden der Beziehung mithilfe eines gemeinsamen Urlaubs zu kitten. Ein Schuss, der – wie die eingangs erwähnten Zahlen zeigen – vielfach eher nach hinten losgeht.

Ferien mit dem Partner sind schließlich selbst für die glücklichste Beziehung eine immense Belastungsprobe. Wann sonst hängt man als Paar zwei Wochen lang derart aufeinander, dass die täglichen fünf Minuten auf der Toilette die einzigen persönlichen Freiräume darstellen? Folglich ist es nur eine Frage der Zeit, bis dem Partner diejenigen negativen Eigenschaften (bzw. Globetrotteleien) ins Auge springen, die man im Alltag zu Hause geschickt zu verbergen weiß. Oder wie es der britische Psychologe Tremor Ellis formuliert: »Urlaub bringt das Schlechteste im Menschen zum Vorschein.«

Hinzu kommt oft noch die übersteigerte Erwartungshaltung an den Urlaub. Während vor der Reise von feinsandigem Strand, einer paradiesischen Hotelanlage und einem vor Leidenschaft förmlich übersprühenden Partner geträumt wurde, sieht die Realität vor Ort gemeinhin komplett anders aus. Was liegt dabei näher, als die Schuld dafür einfach der besseren (bzw. schlechteren) Hälfte in die Schuhe zu schieben? Ist ja auch sonst niemand da, den man anschnauzen könnte, weil es schon wieder regnet oder der Strand eher einem verwilderten Urwald gleicht.

Häufige Folgeerscheinungen:
Kommunikationsstörungen. Diese äußern sich entweder durch lautes Geschrei oder gegenseitiges Anschweigen. Letzteres ist für die Umwelt der Betroffenen die deutlich angenehmere Alternative.

Behandlungsmöglichkeiten und Prophylaxe:
Einzelzimmer

Verwandte Krankheiten:
Heimweh, Happy Holidaying

FOTOGRAFIE

(gr. imagonie, dt. Morbus Kodak)

Beschreibung:
Sieh mal einer an – da war ich!

Verbreitung:
Tritt überdurchschnittlich oft bei technikaffinen männlichen Reisenden auf.

Diagnose:
Unter Fotografie leidende Urlauber erkennt man daran, dass man sie nicht erkennt, wenn man sie zufällig an der Hotelbar oder dem Frühstücksbüffet trifft, weil sie die ganzen Ferien über immer nur mit einer digitalen Spiegelreflexkamera vor dem Antlitz gesichtet werden. Schließlich könnte ja jeden Moment etwas Denkwürdiges passieren – etwa ein Meteoritenabsturz oder die Erscheinung eines seltenen Seeungeheuers. Meistens warten sie jedoch vergebens darauf, was sie aber keineswegs davon abhält, dennoch permanent auf den Auslöser zu drücken. Beispielsweise bei Sonnenauf- oder -untergängen (und zwar

jeden Tag), dem abendlichen Dinner, tagsüber am Strand oder während Spaziergängen durch die reichlich unspektakuläre Hotelanlage. Was sie dabei im Detail fotografieren, ist ihren gesunden Miturlaubern ebenso rätselhaft wie den Betroffenen selbst das Leben jenseits der Linse.

Entschließen sich die Urlaubsfotografen dennoch einmal, ihre Kameras aus den Händen zu legen, unterhalten sie sich bevorzugt mit anderen Erkrankten über Objektive, Brennweiten, ISO-Werte oder Belichtungszeiten. Ihre Partnerinnen und Kinder kennen sie hingegen seit mehreren Jahren nur noch von Bildern.

Häufige Folgeerscheinungen:
Neben ihrer Fotografiesucht leiden die Betroffenen häufig auch an überquellenden Speicherkarten und Festplatten. Die Abermillionen an Fotos in aller Ruhe anzusehen, gegebenenfalls sogar auszusortieren, schaffen sie allerdings eher selten. Sie könnten ja währenddessen einen Meteoritenabsturz verpassen.

Behandlungsmöglichkeiten und Prophylaxe:
Kamera zu Hause lassen! In der Wirklichkeit sieht alles noch viel schöner aus. Oder wie es Max Frisch einst formulierte: »Auf Reisen gleichen wir einem Film, der belichtet wird. Entwickeln wird ihn die Erinnerung.«

Verwandte Urlaubsleiden:
Asiaitis, Dia-Rröh

HEIMWEH
(lat. morbus E.T.)

Beschreibung:
Was kümmert mich das traumhafte Wetter, die paradiesische Umgebung oder das verdammt leckere Essen im Hotel – ich will nach Hause!

Ursachen:
»Soziologisch gesehen, richtet sich Heimweh auf verlorene Gemeinschaften, vor allem die relativ fraglosen der Kindheit, vor allem dann, wenn der Einzelne sich (›in der großen Stadt‹, ›unter lauter Fremden‹ usw.) vereinsamt fühlt, zumal in psychischen Krisen. Der Verlust vertrauter Umgebung wird als sehr schmerzhaft empfunden, der Betroffene sucht eine Besserung durch die Rückkehr in seine individuelle Heimat«, weiß Wikipedia zum Thema zu berichten.

Das ist jedoch nur die halbe Wahrheit. Realistisch gesehen richtet sich Heimweh in den Ferien nämlich auf ganz andere Dinge. Beispielsweise auf die im Urlaubsort nicht erhältlichen Lieblings-Biersorten, das miserable WLAN- und 3G-Netz im Hotel sowie die unzureichende Versorgung mit deutschsprachigen Fernsehsendern (insbesondere die, in denen die täglichen Lieblingsserien oder enorm wichtige Sportübertragungen laufen). Darüber hinaus beschleicht viele Betroffene ein schlechtes Gewissen, wenn sie ihre Körper nutzlos und faul in der Sonne räkeln und dabei dem Meeresrauschen lauschen. Was könnten sie währenddessen nicht alles im Garten, auf der heimischen Terrasse oder rund um das eigene Haus erledigen?

Traumhaftes Wetter wird im Allgemeinen ohnehin ziemlich überbewertet …

Behandlungsmöglichkeiten und Prophylaxe:
Urlaub auf Balkonien

Verwandte Krankheiten:
Camping, Homesickness, Kulturschock

KULTURSCHNORRITIS
(lat. explicatiasis gratis)

Beschreibung:
Hinterlistiges Erschleichen von kulturellen (Dienst-)Leistungen

Verbreitung:
Tritt vor allem bei kostenpflichtigen Führungen auf.

Symptome:
Bezahlen? Sie doch nicht! Kuturschnorrer halten sich nämlich für besonders schlau. Und sparsam. Statt – wie alle normalen Menschen auch – für den geführten Rundgang durch den Palast von Knossos oder die Akropolis einen kleinen Mehrpreis zu berappen, schließen sie sich lieber gratis und möglichst unbeobachtet einer bereits laufenden Führung an, notfalls auch in Fremdsprache. Nicht selten sorgen die im Laufe der Besichti-

gung hinzustoßenden Kulturschnorrer dabei locker für eine Verdoppelung der ursprünglichen Gruppe.

Dieses Verhalten kommt beim zahlenden Publikum sowie bei den (häufig unterbezahlten) Reiseführern jedoch eher weniger gut an. Genauso wie die permanente nervtötende Nachfragerei: »Wann lebten die Minoer?«, »Wie viele Kinder hatte Perikles?«, »Wo waren noch gleich die Toiletten?« etc.

Geht es auf das Ende der Führung zu, verschwinden die Geizhälse meistens so schnell und unauffällig, wie sie gekommen sind. Schließlich könnte der geldgierige Reiseführer am Schluss ein Trinkgeld einfordern.

Behandlungsmöglichkeiten und Prophylaxe:
Sozial sein! Derartige Verhaltensweisen sind nicht nur extrem despektierlich, sie sorgen mittelfristig zudem für steigende Preise bzw. unmotivierte Reiseführer. Und dann ist das Geschrei wieder groß – insbesondere bei den Kulturschnorrern.

Verwandte Krankheiten:
Kulturschock, Spendierlaune

KULTURSCHOCK

(gr. eremititis)

Beschreibung:

Fühlen Sie sich am Urlaubsort trotz unzähliger Menschen um Sie herum einsam und verloren? Setzen Ihnen die fremde Sprache sowie die merkwürdigen Verhaltensweisen der Einheimischen zu? Dann sind Sie wohl versehentlich in Stuttgart gelandet. Oder Sie leiden an einem Kulturschock.

Symptome:

Mit einem Kulturschock ist nicht zu spaßen. Immerhin wird er im offiziellen Verzeichnis der wissenschaftlich anerkannten Gesundheitsprobleme (kurz: ICD-10) als eigenständige Krankheit geführt. Zu den häufigsten Symptomen gehören demnach Desorientierung, Heimweh, Aggressionen sowie Schlaf- und Essstörungen. In schwereren Fällen kann der Kulturschock sogar zu einer richtigen Depression ausarten.

Ursachen:

Ein Kulturschock entsteht für gewöhnlich durch die Diskrepanz zwischen den eigenen Erwartungen und einer davon stark abweichenden Realität am Urlaubsort. Beispielsweise rechnen die Betroffenen damit, sich mit ihren perfekten Deutsch- und Englischkenntnissen überall in der Welt verständigen zu können, um anschließend festzustellen, dass sie die Ferien gerade in Frankreich verbringen.

Je größer die Lücke zwischen der Erwartungshaltung und den vorgefundenen Gegebenheiten ist, desto eher fühlen sich die Erkrankten gestresst, verwirrt oder von ihrer Umwelt abgelehnt. Mitunter versuchen sie, den damit einhergehenden Frust an ihren Mitmenschen abzubauen, etwa durch das Erheben der Stimme oder mittels obszöner Gesten. Für eine Linderung ihrer Symptome sind derartige Verhaltensweisen allerdings eher kontraproduktiv.

Behandlungsmöglichkeiten und Prophylaxe:
Informieren Sie sich bereits vor der Buchung, ob das betreffende Urlaubsland ihren kulturellen Vorstellungen entspricht. Falls Sie zum Beispiel großen Wert auf Menschenrechte und Tierschutz legen, kommen China und die Ukraine als Destination schon mal nicht infrage. Ebenso wenig sollten Sie als ausgewiesener Gourmet einen Urlaub in England in Betracht ziehen.

Ist es dafür schon zu spät, hilft nur eins: entspannen! Atmen Sie ein paarmal tief durch, und zählen Sie dabei die Tage bis zu Ihrer Rückreise. Zu Hause ist eben doch nicht alles schlecht – sieht man einmal vom echt miesen Wetter und dem hohen Anteil an notorischen Dauernörglern ab.

Verwandte Krankheiten:
Heimweh, Kulturschnorritis, Stendhal-Syndrom

LESEWUT
(gr. choleriasis lector)

Beschreibung:
Literarisch bedingte Form der Aufmerksamkeitsstörung

Symptome:
Urlaubszeit gleich Lesezeit. Schließlich ist man in den Ferien die lästigen beruflichen und privaten Verpflichtungen endlich los, die einem zu Hause die Lektüre eines guten Buches so oft unmöglich machen.

Das ist grundsätzlich auch löblich und völlig okay – wäre da nicht diese Maßlosigkeit, die die von der Lesewut betroffenen Urlauber dabei an den Tag legen. Statt sich wenigstens ab und an auch einmal den landschaftlichen Reizen der Urlaubsregion oder ihren Mitmenschen zu widmen, vergraben die Betroffenen ihre Nasen lieber bis zu sechzehn Stunden pro Tag hinter bedrucktem Papier bzw. (in der neumodischen Variante) einem E-Book-Reader. Mitunter liegen sie bis in die späten Abendstunden auf ihren Liegestühlen und bemerken den mittlerweile leergeräumten Strand erst dann, wenn die Buchstaben aufgrund der suboptimalen Lichtverhältnisse kaum mehr zu erkennen sind. In schwereren Fällen legen sie auch beim anschließenden Abendessen und dem Animationsprogramm das Buch nicht aus der Hand.

Diagnose:
Typische Sätze, die auf Lesewut hindeuten können, lauten: »Nur ein Kapitel noch« oder »Hast du gerade etwas gesagt?«

Mögliche Folgeschäden:
Sind bei gemeinsam verreisenden Paaren beide Partner lesewütig, kann dieses Urlaubsleiden als relativ unbedenklich eingestuft werden. Kritisch wird es hingegen, wenn nur einer der beiden davon befallen wird. Nicht selten kommt es dabei zu großen Spannungen, weil sich der andere ausgegrenzt und zurückgesetzt fühlt. Im schlimmsten Fall droht sogar die Trennung.

Denken die Leseratten einige Monate später an die Reise zurück, kann es vorkommen, dass ihnen der Name ihres damaligen Partners (oder ihrer damaligen Partnerin) zwischenzeitlich entfallen ist. Dafür können sie alle dort gelesenen Bücher – inklusive Autor, ungefährer Seitenzahl und Coverfarbe – aus dem Effeff herunterbeten.

Behandlungsmöglichkeiten und Prophylaxe:
Tauschen Sie die Bücher der Betroffenen vor der Abreise heimlich aus. Beispielsweise durch mathematische Formelsammlungen oder Telefonverzeichnisse. Als wenig hilfreich hat sich in der Praxis hingegen der Einsatz von Hörbüchern erwiesen.

Verwandte Urlaubsleiden:
Spieltrieb, Stendhal-Syndrom

MARCOPOLISMUS
(dt. Klugscheißerei)

Beschreibung:
Ziemlich nervige Form der Geltungssucht, zumindest für die Miturlauber

Symptome:
Wussten Sie, dass der höchste Berg auf Mauritius den Namen »Piton de la Petite Rivière Noire« trägt und sich selbiger inmitten der Black-River-Bergkette befindet? Oder dass es in Indonesien ein absolutes No-Go ist, den Kopf anderer Menschen zu berühren, da dieser als Sitz der Seele und somit als heilig gilt? Nein?

Der Klugscheißer schon. Er weiß schlichtweg alles und hat im jeweiligen Urlaubsland offensichtlich mehr erlebt als alle Einheimischen zusammen. Doch damit nicht genug. Er liebt es auch, diese profunden Fachkenntnisse mit seinen Mitmenschen zu teilen – insbesondere mit den neu im Hotel angekommenen Gästen.

So versorgt er die seiner Meinung nach hilf- und ahnungslosen Frischlinge bei jeder sich bietenden Gelegenheit mit »absoluten Insider-Tipps« und klugen Ratschlägen. Er verrät ihnen ungefragt, wo sie am besten einkaufen können, welche Restaurants zu empfehlen sind oder wie sie sich gegenüber den Einheimischen idealerweise zu verhalten haben.

Was er dabei allerdings für sich behält: In Wahrheit hat er von der Kultur des Urlaubslandes ebenso wenig Ahnung wie von der hiesigen Gastronomie. Zumindest in der Praxis. Dafür hat er auf dem Hinflug heimlich den Reiseführer auswendig gelernt und bei der Informationsveranstaltung der Reiseleiterin ordentlich aufgepasst. Dumm nur, dass andere Urlauber Letzteres mitunter auch tun und dabei amüsiert feststellen, dass ihnen die Dame von TUI gerade wortwörtlich dasselbe erzählt, was sie wenige Stunden zuvor bereits vom Klugscheißer zu hören bekamen. Der damit einhergehende Reputationsverlust lässt diesen aber relativ kalt. Schließlich kommt in wenigen Minuten schon der nächste Bus mit neuen Opfern im Hotel an.

Behandlungsmöglichkeiten und Prophylaxe:
Sollte Ihr Partner zur Klugscheißerei neigen, tauschen Sie vor der Abreise heimlich den Reiseführer aus und genießen Sie anschließend die verwirrten Blicke der Miturlauber. Zum Beispiel, wenn Ihr Schatz Ihnen allen Ernstes weiszumachen versucht, 45 Prozent aller Griechen würden von den Inkas abstammen.

Verwandte Krankheiten:
Anschlusssucht

MECKERMANIE

(lat. lamentariose maxima)

Beschreibung:
Glückseligkeit ist eine Illusion! So lautet zumindest das Credo der Erkrankten. Selbst in den vermeintlich schönsten Wochen des Jahres finden sie massenhaft Gründe, ihren pathologischen

Motz- und Beschwerdezwang gnadenlos auszuleben. Sehr zum Leidwesen ihrer Mitmenschen.

Verbreitung:
Tritt überdurchschnittlich oft bei Urlaubern über fünfzig auf.

Symptome:
Der Meckermanie-Patient ist grundsätzlich erst dann zufrieden, wenn er unzufrieden ist – was für ihn allerdings kein allzu großes Problem darstellt. Denn Gründe dafür, missmutig zu sein, gibt es auch auf Reisen mehr als genug.

Angefangen an der Sicherheitsschleuse im Flughafen, an der der Erkrankte partout nicht einsehen will, weshalb er seine Wasserflasche nicht mit an Bord nehmen darf (»Sehe ich etwa aus wie ein Terrorist?«), über das Flugzeug, in dem er sich über die geringe Sitzbreite bzw. die völlig falsch eingestellte Klimaanlage beklagt, bis hin zum Hoteltransfer, dessen Organisation mal wieder »eine einzige Katastrophe« ist.

Kaum in der Ferienanlage angekommen, beanstandet er auch schon die selbst mit der Lupe kaum erkennbare Wollmaus im Schlafgemach und fordert umgehend ein anderes Zimmer – idealerweise verbunden mit einem Upgrade in eine der Luxussuiten. Aber auch außerhalb des Hotelzimmers entgeht ihm nichts, weder der verirrte Kieselstein am Sandstrand noch das buchstäbliche Haar in der Suppe bei der abendlichen Essensaufnahme. Dieses entpuppt sich bei genauerem Hinsehen jedoch meistens als sein eigenes – was er jedoch niemals zugeben würde.

Abgesehen davon beklagt sich der Erkrankte gerne auch über gottgegebene Dinge wie die Zeitverschiebung am Urlaubsort (wegen der er gerade seine Lieblings-Soap auf RTL verpasst) oder das aktuelle Wetter (welches sich seiner Meinung nach überhaupt nicht mit den Klimatabellen im Reisekatalog deckt). Ist ein mehr oder weniger triftiger Beschwerdegrund gefunden (also andauernd), wird gemotzt und geflucht, was das Zeug hält. Beliebte Opfer hierfür sind in erster Linie die Reiseleitung sowie das Hotelpersonal. Aber auch unbescholtene Miturlauber sind vor den Schimpftiraden der Meckermanie-Patienten nicht sicher – zum Beispiel, wenn sie es wagen, ihren lärmintensiven Nachwuchs mit in die Ferienanlage zu nehmen.

Häufig rotten sich die Betroffenen während des Urlaubs mit anderen Erkrankten zusammen, um die gesamte Reise – inklusive der zwangsläufig mithörenden anderen Gäste – lautstark schlechtzureden. Typisch für dieses Krankheitsbild ist zudem auch die romantische Verklärung vergangener Urlaube, in denen »alles viel schöner und toller« war, obwohl sie damals ebenfalls an allem etwas auszusetzen hatten.

Die ersten Tage nach ihrer Rückkehr verbringen die Erkrankten vorwiegend damit, die Hotelanlage sowie den Veranstalter auf allen gängigen Internetseiten in epischer Breite vernichtend zu beurteilen. Im darauffolgenden Jahr buchen sie dieselbe Reise wieder.

Bevorzugter Urlaubsort:
Egal, Hauptsache, fünf Sterne, damit man sich anschließend über die fehlenden Kosmetiktücher im Badezimmer beschweren kann.

Häufige Folgeerscheinungen:
Für viele Erkrankte ist das notorische Beschweren Mittel zum Zweck, um zumindest einen Teil des ihrer Meinung nach viel

zu hohen Reisepreises wiederzubekommen. Hierbei berufen sie sich gerne auf die sogenannte »Frankfurter Tabelle«, die Mitte der Achtzigerjahre von der 24. Zivilkammer des Frankfurter Landgerichts erstellt wurde und für die wichtigsten Mangelarten entsprechende Minderungssätze empfiehlt. Demnach können bei einer zu kleinen Zimmerfläche bis zu 10 Prozent, bei unzumutbar schlechter Reinigung bis zu 20 Prozent und bei nächtlicher Ruhestörung sogar bis zu 40 Prozent des Reisepreises zurückgefordert werden. Nicht in der Frankfurter Tabelle erfasst ist hingegen die negative Beeinträchtigung des Erholungseffektes durch ekelhafte Dauermotzer.

Behandlungsmöglichkeiten und Prophylaxe:
Zu Hause bleiben

Verwandte Krankheiten:
Comparatismus, Neophobie, Traumurlaub

MORBUS ZUCKERBERG
(engl. hashtick)

Beschreibung:
Zwanghaftes, lückenloses Dokumentieren des Ferienverlaufs via Facebook, Twitter & Co.

Verbreitung:
Tritt vorwiegend bei Urlauberinnen und Urlaubern unter 25 auf.

Aus der Chronik einer Betroffenen:

26. Juli, 09.17 Uhr

Juhuuuuu!!! Gleich geht's los . . . Der erste gemeinsame Urlaub <3! Bussi und bis bald, eure Sarah #Reisefieber – mit Jan F. hier: Flughafen Frankfurt.

26. Juli, 15.09 Uhr

Wir sind daaaaaa! #Urlaub – mit Jan F. hier: Aeropuerto-Fuerteventura.

26. Juli, 16.23 Uhr

Sarah M. hat 5 neue Fotos hinzugefügt.

Ein bisschen Sonne für die Daheimgebliebenen:) #Meer #Love – mit Jan F. hier: Seaside Paradise Resort Costa Calma.

26. Juli, 16.24 Uhr

Sarah M. gefällt ihr eigenes Foto.

26. Juli, 18.56 Uhr

Sarah M. hat 3 neue Fotos hinzugefügt.

Schaut euch mal dieses Nachtischbuffet an:) #Yummi. Haben beim Essen auch schon ein paar nette Leute kennengelernt. – mit Jan F. hier: Seaside Paradise Resort Costa Calma.

26. Juli, 21.19 Uhr

Sarah M. ist jetzt mit Laura S. und 5 weiteren Personen befreundet.

26. Juli, 22.44 Uhr

Was für ein schöner Abend! Noch ein letzter Caipi, und dann aber ab ins Bett #todmüde – mit Laura S. und 6 weiteren Personen hier: Seaside Paradise Resort Costa Calma.

27. Juli, 02.17 Uhr

Sarah M. hat 2 neue Fotos hinzugefügt.

PARTYYYYYYYYYYYYYYYYYYYYYYYYYYYYYYYYYYYYYY YYYYYY – mit Laura S. und 6 weiteren Personen hier: Discoteca Oxyd Fuerteventura.

27. Juli, 02.44 Uhr
Sarah M. ist jetzt mit Juanita X. und 12 weiteren Personen befreundet
27. Juli, 11.03 Uhr
Sarah M. hat etwas in Jan F.s Chronik geschrieben.
Weißt du zufällig, wie ich heute Nacht aufs Zimmer gekommen bin? Und vor allem: Wo bist DU??? #Filmriss
27. Juli, 11.12 Uhr
Sarah M. hat Jan F. angestupst.
27. Juli, 11.19 Uhr
Jan F. hat ein Foto in Sarah M.s Chronik gepostet.
Zu Punkt 1: Keine Ahnung. Zu Punkt 2: Würde ich auch gerne wissen! Hast du die Kleine hier zufällig in deiner Freundesliste? #Kopfweh
27. Juli, 11.20 Uhr
Sarah M. hat ihren Beziehungsstatus in Single geändert.
27. Juli, 11.23 Uhr
83 Personen gefällt das.

Behandlungsmöglichkeiten und Prophylaxe:
#Suchtentwöhnung

Verwandte Krankheiten:
Konnexie

POSTKARTENDEMENZ

(lat. dementia postalis)

Beschreibung:

»Schatz, haben wir eigentlich die Postkarten weggeschickt?«
»Welche Postkarten?«

Ursachen:

Postkarten gehören zu den überflüssigsten Dingen, die die Urlaubs- und Reisekultur jemals hervorgebracht hat, von Butterfahrten, zwielichtigen Timesharing-Modellen und Bananenbooten einmal abgesehen. Dennoch gibt es eine Vielzahl von Menschen, die großen Wert darauf legt, bei jedem Urlaub aufs Neue mit einem fantasielos beschmierten Pappstreifen bedacht zu werden, der in der Regel mehrere Wochen nach den Verfassern selbst in Deutschland ankommt. Hierzu gehören unter anderem Eltern und Großeltern.

Erscheinungsformen:

Typ A: Der Betroffene nimmt sich fest vor, dieses Mal über seinen Schatten zu springen und zumindest den engsten Familienkreis mit handschriftlichen Urlaubsgrüßen zu beglücken. Leider kommt im ganzen Reisestress aber immer irgendetwas dazwischen, das ihn am Erwerb von Ansichtskarten hindert.
Typ B: Der Betroffene kann sich – seinen inneren Widerständen zum Trotz – dazu überwinden, eine gewisse Mindestmenge an Postkarten zu kaufen. Leider kommt im ganzen Reisestress aber immer irgendetwas dazwischen, das ihn am Beschriften der Karten hindert. Er bringt die Karten ohne Auf-

schrift mit nach Deutschland, wo sie in einer Schublade vergammeln werden.
Typ C: Der Betroffene verhält sich nahezu vorbildlich. Die Postkarten werden nicht nur in den ersten Ferientagen gekauft, sondern sogar ordnungsgemäß beschriftet (»Liebe Grüße aus Mallorca senden euch Christiane & Ralf«) und mit Briefmarken versehen. Leider kommt im ganzen Reisestress aber immer irgendetwas dazwischen, das ihn am Gang zum Briefkasten hindert. Im besten Fall werden die Postkarten dann von Deutschland aus abgeschickt. Im schlechtesten Fall werden sie in den nächsten Urlaub mitgenommen.

Häufige Folgeerscheinungen:
Schlimme Vorwürfe aus dem Familien- oder Freundeskreis

Behandlungsmöglichkeiten und Prophylaxe:
Verlagern Sie das ganze Gruß-Gedöns (sofern möglich) auf elektronische Medien wie beispielsweise E-Mail, WhatsApp, Facebook oder Twitter. Das geht weitaus schneller und ist obendrein noch billiger.

Verwandte Krankheiten:
Souvenirie, Urlaubsverblödung, Ferigesslichkeit

REISE-MYSOPHOBIE

(lat. morbus sagrotanus)

Beschreibung:

Übersteigerte Angst vor Schmutz und den darin enthaltenen Bakterien und Viren, insbesondere im »unzivilisierten Ausland«. Dabei spielt es keine Rolle, ob die Verunreinigungen tatsächlich existieren oder ob sich die Betroffenen diese nur einbilden.

Verbreitung:

Die größte Durchdringung weist diese Globetrottelei in der Gruppe »Mütter mit kleinen Kindern« auf. Frauen sind eben doch die saubereren Menschen.

Symptome:

Eher vergessen die Betroffenen ihren Göttergatten zu Hause, als ohne mindestens zwei Dutzend Päckchen Desinfektionstüchern in den Urlaub aufzubrechen. Man hört und liest schließlich so viel von gefährlichen Tropen- oder sonstigen Infektionskrankheiten, die täglich millionenfach durch hinterlistige Viren und Bakterien übertragen werden.

Die erste Flasche mit Desinfektionsmittel verbrauchen sie oft schon komplett, bevor sie ihr Reiseziel überhaupt erreicht haben. Beispielsweise beim Öffnen der Toilettentür am Flughafen oder vor dem Anfassen des (luftdicht verschweißten) Plastikbestecks, das im Flugzeug zum Essen gereicht wird. Und natürlich beim Mund- und Händeabwischen des Nachwuchses, was ohnehin eine der Lieblingsbeschäftigungen der Betroffenen zu sein scheint.

Kommen die Putzteufel mehrere Reinigungstücher/Desinfektionsflaschen später endlich im Hotelzimmer an, wird als Erstes das Bad in Augenschein genommen – selbstredend ohne mit der Türklinke in Berührung zu kommen. Dort suchen die Erkrankten zunächst nach dem unvermeidlichen Haar in der Dusche, ehe sie die Handtücher des Hotels durch ihre eigenen ersetzen. Man weiß ja nie, was die in solchen Ländern alles in ihre Waschmittel mischen.

Den Rest des Urlaubs sind die Betroffenen vorwiegend mit Schmutz- und Schädlingsabwehr, Wollmausjagd sowie mit dem Erwerb von Desinfektions- und Reinigungsmitteln beschäftigt. Natürlich aber nur diejenigen, die man auch von zu Hause kennt. Das Hotel bezeichnen sie in ihrer anschließenden Bewertung als »total versifft und ekelhaft«.

Rechtliche Beurteilung:
»Flusen und Staubansammlungen stellen keinen Reisemangel dar – mangelndes Wechseln der Bettwäsche ebenfalls.« Das legte jedenfalls das Amtsgericht Baden-Baden im Jahr 2011 fest (Aktenzeichen 16 C 42/11).

Häufige Folgeerscheinungen:
Gefährliche Tropen- und sonstige Infektionskrankheiten

Behandlungsmöglichkeiten und Prophylaxe:
Mut zu Staub und Schmutz! Denn übertriebene Hygiene ist nicht nur extrem zeitraubend, sondern auch äußerst ungesund. Wenn das Immunsystem nämlich lange nichts zu tun bekommt, macht es irgendwann das Gleiche wie Sie: Urlaub.

Verwandte Krankheiten:
Fußpilz, Meckermanie

RESTLESS-KIDS-SYNDROM

(gr. terroritis familiae)

Beschreibung:
Negative Beeinträchtigung des Erholungseffekts durch kleine überaktive Menschen und uneinsichtige Eltern

Aus den Aufzeichnungen eines Betroffenen:
Es gibt süße, nette Kinder, und es gibt Sören. Bei vielen Kindern hätte man darüber lächelnd hinweggesehen, wenn sie wild vor einem herumzappeln und hampeln. Nicht jedoch bei ihm.

Sören ist ungefähr sechs Jahre als, ein Meter fünfundzwanzig groß und nahezu ebenso breit. Die wulstigen Lippen in seinem mit Sommersprossen übersäten Mondgesicht formen sich zu einem grenzdebilen Lachen, während er wild hin und her hüpft und dabei in regelmäßigen Abständen mit voller Wucht auf meinen Füßen landet.

Sören macht Urlaub. Das an sich ist ja nicht schlimm und ihm sowie vor allem seiner Umwelt zu Hause auch irgendwie zu gönnen. Das Fatale daran ist jedoch, dass er diesen (zusammen mit Sören-Mama und Sören-Papa) im selben Hotel wie ich verbringt und momentan direkt vor mir in der Schlange des Buffets läuft, oder besser gesagt: rollt. Nicht nur, dass mir sein Rumgezappel mittlerweile mächtig auf den Geist geht und meine Zehen wehtun, es beschleicht mich auch der böse Verdacht, das Büffet heute mit leerem Teller verlassen zu müssen.

Meine erste Begegnung mit Sören hatte ich bereits im Flugzeug, als er es sich eine Sitzreihe hinter mir bequem gemacht hatte und in regelmäßigen Abständen von hinten gegen meinen Sitz trat. Die vorsichtige Nachfrage meinerseits, ob es eventuell möglich wäre, die Füße während des Fluges still zu halten, brachte leider nicht den erwünschten Erfolg, da mir seine Mutter deutlich zu verstehen gab, dass ein ausgeprägter Bewegungsdrang nun einmal zur kindlichen Entwicklung dazugehöre. Seitdem hat es sich die Waldorf-Familie wohl zur Aufgabe gemacht, mir den Urlaub zu versauen und mich auf Schritt und Tritt zu verfolgen.

»Und wie toll du geschwommen bist! Wer so gut schwimmen kann, hat sich sein Abendessen redlich verdient«, höre ich Sören-Papa vor mir in der Buffetschlange sagen.

Ich verkneife mir ein Lachen. In Wahrheit habe ich bis heute

Nachmittag noch nie ein Kind erlebt, das im Wasser sogar mit Schwimmflügeln untergeht und dabei derart laut schreit, dass es die Blicke sämtlicher anwesenden Badegäste auf sich zieht.

Endlich bei den Pommes angekommen, beginnt Sören aufzuladen. Er nimmt sich eine Zange voll, dann eine zweite, eine dritte, eine vierte ... Nach der siebten kann ich mich nicht mehr zügeln und wage es, Sören direkt anzusprechen und ihn auf die Tatsache hinzuweisen, dass andere Menschen auch gerne etwas von den Pommes abhaben möchten.

Dann geht alles sehr schnell. Sören schaut mich an, wird knallrot und beginnt zu weinen. Sören-Mama kommt auf mich zugestürmt, positioniert sich in der Haltung einer Kampfhenne vor meiner Nase und kreischt etwas von »Unverschämtheit« und »Einmischen in fremde Erziehungsmethoden«. Sören-Papa steht derweil rat- und beteiligungslos daneben und beschäftigt sich in seiner Verlegenheit mit dem Aufladen von Nudeln. Sieben Schippen voll, ich zähle mit.

Noch ehe ich auch nur »Äh« sagen kann, schnappt sich Sörens Mutter seinen Teller und bestückt diesen mit drei weiteren Pommes-Ladungen. »So, Sören. Schön aufessen, damit du groß und stark wirst – und Pommes magst du doch eh. Was der böse Mann sagt, kann dir egal sein!«

Die Blicke der anderen Gäste sind diesmal ausnahmsweise auf mich gerichtet. Mit den letzten kleinen und verbrannten Überresten der Pommes-Schüssel auf dem Teller schlendere ich konsterniert zurück zu meinem Platz. Ein schwacher Trost bleibt mir trotz allem: Wenn ich eines Tages meinen Lebensabend in aller Ruhe auf den Malediven verbringe, zahlst du mir meine Rente, Bürschchen ...

Behandlungsmöglichkeiten und Prophylaxe:
Vermeiden Sie Unterkünfte, die in Reisekatalogen oder im Internet als »besonders familienfreundlich« angepriesen werden.

Verwandte Krankheiten:
Hals- und Beinbruch, Wucher

SANDALISMUS

(feminine Form: Pumps)

Beschreibung:
Zweifelhaftes Talent, stets mit dem denkbar ungünstigsten Schuhwerk unterwegs zu sein

Symptome:
Man könnte fast meinen, die Betroffenen hätten nur eine Schuhsorte in ihren Schränken. Bei den Herren der Schöpfung handelt es sich dabei meistens um flache, luftige Riemenschuhe (auch »Sandalen« genannt), bei den Damen hingegen eher um hochhackiges Stöckelschuhwerk.

Das wäre an sich nicht besonders schlimm oder erwähnenswert, wäre da nicht die Tatsache, dass sie sich damit leider auch in das zum Teil unwegsame Gelände außerhalb der Hotelmauern wagen würden – etwa bei Ausflügen oder Wanderungen.

Für die Mitreisenden mag der damit verbundene Anblick anfangs zwar noch belustigend sein (wer schon einmal eine

Frau in Stöckelschuhen beim Versuch, eine Wanderdüne zu erklimmen, beobachten durfte, weiß, was ich meine), aber spätestens wenn die Schuhversager zum dritten Mal die komplette Reisegruppe mit ihrem ungelenken Zeitlupengang aufhalten, schlägt das Amüsement relativ schnell in Aggression und Wut um. Schließlich gefährden die Betroffenen mit ihrem bekleidungstechnischen Leichtsinn nicht nur sich selbst, sondern die komplette Reisegruppe.

Häufige Folgeerscheinungen:
Bänderrisse, Knochenbrüche, abgebrochene Absätze

Behandlungsmöglichkeiten und Prophylaxe:
Festes, flaches Schuhwerk. Ansonsten bitte im Hotel bleiben.

Verwandte Krankheiten:
Textilnostalgie

SEMINUDISMUS
(lat. camisopenie)

Beschreibung:
Innerer Zwang vorwiegend männlicher Urlauber, an allen passenden und unpassenden Orten mit nacktem Oberkörper herumzulaufen

Verbreitung:
Siehe *Nudismus*

Offener Brief an die Erkrankten:
Liebe Oben-ohne-Fetischisten,
das Positive vorweg: Ich bewundere euch für das Selbstbewusstsein und den Mut, die Schönheit eurer Oberkörper bei Außentemperaturen ab 20 Grad Celsius überall und jederzeit offen zur Schau zu stellen – selbst wenn ihr oft die Einzigen seid, die diese Schönheit erkennen. Alle anderen hingegen sehen Hühnerbrüste, Speckröllchen und/oder mit Schweißperlen benetzte Brusthaare.

Auch wenn es jetzt womöglich wehtut, aber ihr seid nicht Brad Pitt, Bradley Cooper oder George Clooney. Müsst ihr auch nicht! Mit Sicherheit habt ihr dafür andere Qualitäten, von denen die exemplarisch genannten Mannsbilder nur träumen. Vielleicht könnt ihr Autos reparieren wie kein Zweiter. Oder gut mit dem Computer umgehen. Oder zweistellige Zahlen ohne Taschenrechner multiplizieren und dividieren.

Versteht mich bitte nicht falsch. Niemand behauptet, dass ihr euch eurer Oberbekleidung nicht beim Sonnenbaden entledigen dürft (außer vielleicht der Schriftsteller Tom Wolfe, der unlängst in einem Interview die Meinung vertrat, dass sich jeder Mann über fünfunddreißig am Strand grundsätzlich obenrum bedecken müsse), aber bitte NUR dort. Nicht beim Frühstück, nicht bei Spaziergängen durch die Hotelanlage, nicht bei Ausflügen und erst recht nicht beim Abendessen.

Eure Umwelt wird es euch danken, wenn ihr euch abseits von Strand und Pool künftig ein T-Shirt überstreift. Notfalls tut es auch ein Muscle Shirt. Selbstredend aber nur dann, wenn die dafür notwendigen Voraussetzungen (Muscles) auch tatsächlich gegeben sind.

Vielen Dank und toi, toi, toi,
der Autor

Behandlungsmöglichkeiten und Prophylaxe:
Siehe oben

Verwandte Krankheiten:
Adonie, Nudismus, Russophobie, Textilnostalgie

SOMMERSHIT

(lat. cantitis horrificus)

Beschreibung:
Weltweit zu beobachtendes und regelmäßig wiederkehrendes Phänomen, wonach der musikalische Geschmack der Menschheit in den Sommermonaten proportional zu den steigenden Temperaturen abnimmt

Krankheitsverlauf:
1996: Macarena – Los del Rio
1997: Samba de Janeiro – Bellini
1998: Bailando – Loona
1999: Mambo Nr. 5 – Lou Bega
2000: Around The World (La La La La La) – ATC
2001: Angel – Shaggy feat. Rayvon

2002: The Ketchup Song – Las Ketchup
2003: Aïcha – Outlandish
2004: Dragostea din tei – O-Zone
2005: La camisa negra – Juanes
2006: Love Generation – Bob Sinclair
2007: Vayamos compañeros – Marquess
2008: All Summer Long – Kid Rock
2009: Jungle Drum – Emiliana Torrini
2010: We No Speak Americano – Yolanda Be Cool
2011: Mr. Saxobeat – Alexandra Stan
2012: Ai Se Eu Te Pego (Nossa, nossa) – Michel Telo
2013: Wake Me Up – Avicii
2014–
2030: Irgendwas mit »Uh-uh«, »Oh-oh«, »Ah-ah«, »La-la«, »Yeah«, »Yo«, »Baby« oder »Corazón«

Häufige Folgeerscheinungen:
Überdruss, Verblödung

Behandlungsmöglichkeiten und Prophylaxe:
Negativ. Vor dem jeweiligen Sommerhit sind Sie in der Regel nirgendwo sicher. Zumindest nicht auf diesem Planeten.

Verwandte Krankheiten:
Animie, Knopfhörer

SOUVENIRIE

(dt. Mitbringselei)

Beschreibung:

Törichter Irrglaube, den Zuhausegebliebenen mit völlig sinnlosem (sowie mitunter auch unsagbar hässlichem) Nippes aus dem Urlaubsort eine Freude machen zu können

Diagnose:

Ganz ehrlich: Haben Sie in vergangenen Urlauben schon einmal geschnitzte Tierfiguren als Geschenk für die Lieben zu Hause mitgebracht? Oder handgeklöppelte Zierdeckchen? Vielleicht Matroschka-Puppen, Wandteppiche, Sombrero-Hüte, Schneekugeln, Dekoteller, Porzellanaschenbecher, Wasserpfeifen oder in Fernost produzierte Schwarzwälder Kuckucksuhren? Falls Sie jetzt gerade mindestens einmal zustimmend genickt haben, gehen Sie am besten gleich weiter zu den Behandlungsmöglichkeiten (Unterpunkt »Für die Schenkenden«).

Falls nicht: herzlichen Glückwunsch – sie sind völlig normal! Denn wieso sollte sich ein ausgewachsener, rational denkender Mensch auch nur annähernd über so etwas freuen? Selbst wenn die Schenkenden mitunter weder Kosten und Mühen scheuen und sogar das Risiko eingehen, horrende Übergepäckgebühren berappen zu müssen oder ernsthafte Probleme mit dem Zoll zu bekommen, bleiben derartige Reisemitbringsel immer noch das, was sie sind: regalverunstaltende, sinnfreie Staubfänger.

Behandlungsmöglichkeiten und Prophylaxe:
Für die Schenkenden: Finger weg von Nippes! Wenn Sie den Daheimgebliebenen unbedingt etwas Gutes tun wollen, bringen Sie ihnen lieber eine gute Flasche Wein aus der Urlaubsregion mit. Oder drücken Sie ihnen alternativ ein wenig Geld in die Hand.
Für die Beschenkten: Ende der Neunzigerjahre bekam der Brite Anthony Lawrence einen auf einer Weltkugel stehenden Mini-Eiffelturm geschenkt und hatte daraufhin eine tolle Idee. Er gründete das virtuelle Souvenir-Museum »Shelf of Shame« (»Regal der Schande«). Dort gibt es neben besagtem Objekt noch viele weitere Kuriositäten zu bestaunen. Beispielsweise einen Silvio-Berlusconi-Wackeldackel aus Italien oder eine hölzerne Wikingerfigur mit rotem Stoffbart aus Skandinavien. Herr Lawrence freut sich sicherlich auch über Ihr neues »Kunstwerk«.

Verwandte Krankheiten:
Muttismus, Spendierlaune

SPENDIERLAUNE
(engl. Monopoly disease)

Beschreibung:
Irrationaler Umgang mit fremden Währungen

Symptome:
Nicht dass die Betroffenen arm wären oder kurz vor der Beantragung der Sozialhilfe stünden. Dennoch drehen sie zu Hause jeden Euro dreimal um und lassen sich bestenfalls zu Trinkgeldern im ein bis zweistelligen Cent-Bereich hinreißen – wenn sie überhaupt einmal essen gehen.

Doch kaum sind die Geizhälse außer Landes, scheint sich ihre Beziehung zu Geld plötzlich um hundertachtzig Grad zu drehen: hier ein paar Scheine für die Putzfrau, dort ein paar Groschen für den Taxifahrer – von den Unsummen für nutzlose Mitbringsel ganz zu schweigen (siehe auch *Souvenirie*).

Die ungewohnte Spendierlaune ist dabei insbesondere den fremden Geldscheinen geschuldet. Behauptet jedenfalls der Marketingprofessor Klaus Wertenbroch von der Insead Business School in Frankreich. Er testete die Zahlungsbereitschaft von Urlaubern in Hongkong, den USA und Deutschland für bestimmte Produkte und kam dabei zu einem überraschenden Ergebnis: Das Geld sitzt umso lockerer in der Brieftasche, je größer die auf den fremden Geldscheinen stehenden Zahlen sind. Dies liegt dem Forscher zufolge daran, dass die Betroffenen bei hohen Nennwerten weniger auf die Preisunterschiede zwischen vergleichbaren Produkten achten, sondern die Ausgaben lediglich in Relation zum Gesamtbudget sehen. Zudem nehmen viele Menschen Währungen mit ungewohnt hohen Summen tendenziell eher als Spielgeld wahr.

Nach der Heimkehr klingt die Spendierlaune dann aber meistens wieder sehr schnell ab. Sehr zum Leidwesen der Taxifahrer, die die Betroffenen vom Flughafen zurück nach Hause bringen und der Nachbarin von gegenüber, die drei Wochen lang den Ficus gewässert hat.

Behandlungsmöglichkeiten und Prophylaxe:
Bleiben Sie im Euroraum, und vermeiden Sie Reisen in Länder mit Hyperinflation wie Simbabwe oder Weißrussland.

Verwandte Krankheiten:
Raybaniasis

SPIELTRIEB
(lat. alea iacta est)

Beschreibung:
Vergeudung von Urlaubszeit durch Brett-, Würfel- oder Kartenspiele

Ursachen:
Wieso viele Reisende meinen, den Großteil ihrer Ferien unbedingt mit Uno, Mau-Mau, Schach, Dame, Kniffel, Backgammon oder Mensch ärgere dich nicht verbringen zu müssen, wird wohl für immer ihr Geheimnis bleiben.

Wissenschaftler vermuten jedoch, dass sie das dauerhafte Spielen vom Zwang befreit, sich während des Urlaubs ernsthaft mit ihren Familienangehörigen unterhalten oder auseinandersetzen zu müssen. Gleichzeitig vermitteln die Spiele den Betroffenen aber das gute Gefühl, etwas mit ihnen zu unternehmen und für sie da zu sein. Weshalb die Erkrankten dafür jedoch regelmäßig eine ganze Stange Geld ausgeben und mitunter äußerst strapaziöse Anreisen zum Urlaubsort in Kauf nehmen, konnten sich die Wissenschaftler bislang auch noch nicht erklären.

Behandlungsmöglichkeiten und Prophylaxe:
Wahrheit oder Pflicht. Dabei kommt man wenigstens miteinander ins Gespräch und erfährt teilweise völlig neue Dinge über die mitreisenden Familienmitglieder. Zum Beispiel, wo sich das Fräulein Tochter vergangene Nacht schon wieder heimlich herumgetrieben hat.

Verwandte Krankheiten:
Fotografie, Knopfhörer, Lesewut

SPORTWAHN

(gr. athleticitis)

Beschreibung:
Unverhältnismäßiger Bewegungsdrang im Urlaub

Symptome:
Neunundvierzig Wochen im Jahr sitzt er tagein, tagaus mindestens acht Stunden an seinem Schreibtisch und verlässt nach Feierabend die heimische Couch lediglich zur Sicherstellung des Biernachschubs. Das jedoch bevorzugt in der Halbzeitpause eines spannenden Champions-League-Spiels im Fernsehen.

Doch kaum ist er am Urlaubsort angekommen, wird aus dem Alltags-Bewegungsmuffel plötzlich ein regelrechter Extremsportler. Bei über 50 Grad Celsius in der prallen Sonne hechtet sein übergewichtiger Körper ungelenk auf dem Beachvolleyball-Feld hin und her oder rennt mit dem Schläger bewaffnet zum ersten Mal seit Monaten wieder einem Tennisball nach.

Die weiblichen Vertreter sind hingegen eher bei der Aquaaerobic im Pool oder beim Zumba-Kurs im hoteleigenen Fitnessstudio anzutreffen – natürlich (wie ihre männlichen Pendants auch) ohne sich vorher aufgewärmt und ausreichend mit Wasser versorgt zu haben. Aufeinander treffen die Sportwahnsinnigen beider Geschlechter dann meistens beim Hotelarzt oder im Notfallraum der Anlage, wo sie nach und nach wieder zu Bewusstsein kommen …

Häufige Folgeerscheinungen:
Die Zeit bis zum nächsten Urlaub sind die Betroffenen hauptsächlich damit beschäftigt, ihre traumatischen Sporterlebnisse zu verdrängen oder ihre Sehnen- und Bänderrisse auszukurieren. Zum Beispiel am Schreibtisch oder auf der heimischen Sitzgruppe während eines spannenden Champions-League-Spiels im Fernsehen.

Behandlungsmöglichkeiten und Prophylaxe:
Aktiver Sport ist auch außerhalb der Ferien möglich und erlaubt. Probieren Sie es einfach mal aus.

Abgesehen davon bieten viele Hotels für den Einstieg auch bewegungsärmere Sportarten an. Beispielsweise Billard, Darts oder Minigolf.

Verwandte Krankheiten:
Adonie, Animie

STENDHAL-SYNDROM

(lat. fatigatio kulturae)

Beschreibung:
Durch kulturelle Reizüberflutung herbeigeführte Erschöpfungszustände

Symptome:
Unwohlsein in Form von Herzrasen, Schwindel, Verwirrung oder Wahrnehmungsstörungen beim Betrachten von Kunstwerken in großen Mengen

Ursachen:
Kunst ist gefährlich! Diese bahnbrechende Entdeckung haben wir dem französischen Schriftsteller Stendhal zu verdanken, der in seinem Buch »Neapel und Florenz: Eine Reise von Mailand nach Reggio« aus dem Jahre 1817 erstmals die möglichen negativen Auswirkungen von zu viel Kultur auf die menschliche Gesundheit formulierte. Es sollte allerdings noch über hundertsechzig Jahre dauern, ehe die italienische Ärztin Graziella Magherini eine ernstzunehmende psychosomatische Störung daraus strickte – obgleich sich Mediziner immer noch uneins darüber sind, ob es sich beim Stendhal-Syndrom tatsächlich um eine Krankheit oder lediglich um das Hirngespinst einer händeringend nach neuen Forschungsprojekten suchenden Psychotante handelt.

Fakt ist: Wer sich schon einmal binnen kürzester Zeit durch sieben Kirchen, fünf Museen und drei Amphitheater gequält hat, ohne zwischendurch auch nur eine nennenswerte Verpflegungspause einzulegen, muss zwangsläufig einen Sprung in der (antiken) Schüssel haben. Erst recht bei Temperaturen jenseits der 30-Grad-Celsius-Grenze in Kombination mit stundenlangem Schlangestehen vor den 384 wichtigsten Sehenswürdigkeiten des Urlaubsortes.

Der bewundernswerte Einsatz hat jedoch – entgegen der Behauptung Stendhals – relativ wenig mit demütiger Ergriffenheit über die soeben betrachteten Kunst- oder Bauwerke zu tun, sondern eher mit der gefährlichen Mischung aus Hitzeschlag, Dehydrierung und drohender Ohnmacht durch einen sinkenden Zuckerspiegel. Kultur alleine macht eben leider auch nicht satt.

Kritische Urlaubsorte:
Florenz, Rom, Paris, Jerusalem

Behandlungsmöglichkeiten und Prophylaxe:
Wasser und Brot

Verwandte Krankheiten:
Kulturschock, Lesewut

TÄTOWIE

(lat. pictura per sempre, engl. hangover illness)

Beschreibung:
Spontan auftretender Körperverzierungsdrang

Verbreitung:
Tritt oft als Anschlusserkrankung des *Cubalibrismus* auf.

Verbreitung:
Nicht zu knapp! Zumindest, wenn man die Tattoo-Studio-Dichte in einigen (vorwiegend bei jüngeren Touristen beliebten) Urlaubsregionen als Maßstab nimmt.

Erscheinungsformen:
Leichte Form: Tribals an der Wade oder auf dem Rücken
Mittlere Form: Totenköpfe am Hals, Schlangen am Unterarm
Schwere Form: Tätowierungen im Gesichts- oder Genitalbereich, Name der aktuellen Urlaubsbekanntschaft (egal an welcher Körperstelle)

Häufige Folgeerscheinungen:
»Wie? Das ist gar kein Henna?«

Behandlungsmöglichkeiten und Prophylaxe:
Vorher: Weniger saufen, mehr nachdenken (vergleichsweise billig)
Nachher: Laserbehandlung (vergleichsweise teuer)

Verwandte Krankheiten:
Urlaubsverblödung

TEUTONISMUS

(lat. morbus regionalus)

Beschreibung:
Temporäre Ausweitung des deutschen Staatsgebiets auf die jeweilige Urlaubsregion

Verbreitung:
Tritt vermehrt bei älteren (Fern-)Reisenden mit geringen Fremdsprachenkenntnissen auf.

Symptome:
Dass es tatsächlich Menschen geben soll, die der deutschen Sprache nicht mächtig sind, halten die an dieser Globetrottelei leidenden Urlauber für ein Ding der Unmöglichkeit. Deshalb haben sie auch keinerlei Skrupel, den rat- und verständnislosen Hotelangestellten am anderen Ende der Welt gleich beim Einchecken mit Fragen wie »Wo bekomme ich die BILD-Zeitung?« oder »Empfange ich auf dem Hotelzimmer auch Bayern 3?« zu bombardieren. Teilweise sogar in breitestem Dialekt – man möchte ja schließlich zeigen, wo man herkommt. Werden sie dabei von ihren jeweiligen Gegenübern nicht verstanden, wiederholen sie das Gesagte einfach noch einmal. Nur ein wenig langsamer.

Aufgrund der Tatsache, dass sie ihre Ferien bevorzugt unter ihresgleichen verbringen, geben sich die an Teutonismus erkrankten Urlauber gerne auch optisch auf den ersten Blick zu erkennen. Beispielsweise durch raffinierte Sandalen-Tennissockenkombinationen oder Shirts mit »I love Bielefeld«-Aufdruck.

Der heimliche Traum der Betroffenen ist es dabei, Urlauber aus derselben Region zu treffen, aus der sie selbst stammen. Wird ihnen dieser Herzenswunsch erfüllt, kommt es regelmäßig zu großem Hallo, währenddessen sie mit ihren Seelenverwandten in stundenlangen Diskussionen gemeinsame Bekannte herausarbeiten und immer wieder hochamüsiert feststellen, dass die Welt ja doch irgendwie nur ein Dorf ist.

Auf ihren Urlaub zurückblickend, bemängeln die Betroffenen – neben dem unglücklichen Umstand, dass es nur viermal pro Woche Bratkartoffeln gab – häufig auch einen viel zu hohen Anteil an Ausländern im Hotel sowie die mangelnde Integrationsbereitschaft der Einheimischen.

Behandlungsmöglichkeiten und Prophylaxe:
Interkulturelle Kompetenz üben! Aufgrund der hohen Krankheitsdichte bieten vielerorts auch Volkshochschulen Kurse zu diesem Thema an. Übrigens auf Deutsch.

Verwandte Krankheiten:
Anschlusssucht, German Angst, Kulturschock

TRAUMURLAUB

(gr. insula utopia)

Beschreibung:
Friede, Freude, Eierkuchen.

Aus den Aufzeichnungen eines Betroffenen:
Liebes Tagebuch,
was für ein Urlaub! Schon die Anreise war weder mit größeren Komplikationen noch mit unnötigen Wartezeiten verbunden. Im Hotel wurden wir mit offenen Armen empfangen und sogleich ins geräumige, saubere Zimmer mit unverbautem Meerblick geführt.

Der Raum sieht allerdings nicht ganz so aus wie im Reisekatalog. In Wahrheit ist er nämlich noch viel schöner! Genauso wie der Strand und die Poollandschaft, an der selbst um 11.00 Uhr morgens noch massenhaft freie Liegeplätze und Sonnenschirme zur Verfügung stehen.

Auch am Essen gibt es nicht das Geringste auszusetzen. Die

Gerichte sind vorzüglich, das Angebot ist mehr als abwechslungsreich. Zum Glück sorgt das anspruchsvolle Animations- und Ausflugsprogramm dafür, dass wir bei all den Köstlichkeiten nicht allzu sehr zunehmen.

Die Abende verbringen wir vorwiegend in trauter Runde mit ein paar der anderen Mitreisenden. Diese sind ausnahmslos nett, zuvorkommend und halten sich in Sachen Alkoholkonsum dezent zurück. Selbst die Engländer und die Russen, die hier allerdings in der Unterzahl sind.

Gegen Mitternacht geht es dann gut gelaunt zurück ins Zimmer, wo wir vor dem Einschlafen noch voller Leidenschaft Liebe machen. Das sorgt für innere Ausgeglichenheit und Harmonie. Nicht umsonst haben wir im Laufe der vergangenen zwei Wochen kein einziges Mal gestritten …

Häufige Folgeerscheinungen:

Nichts zu meckern oder lästern?
Zurückhaltende Russen??
Kein noch so kleiner Urlaubszoff mit dem Partner???
Wie langweilig ist das denn!

Behandlungsmöglichkeiten und Prophylaxe:

Keine Sorge – die genannten Fantasien verschwinden nach dem Aufwachen meist wieder von ganz alleine.

Verwandte Krankheiten:

Disharmonie, Meckermanie

URLAUBSVERBLÖDUNG
(lat. stupidiasis feriae)

Beschreibung:
Nachlassende Leistungsfähigkeit des Gehirns während längeren arbeitsfreien Phasen

Wissenschaftliche Erklärung:
Urlaub macht dumm. So lautet zumindest das erschreckende Ergebnis einer Studie der University of Missouri-Columbia aus dem Jahr 1996, in der die Wirkung der Sommerferien auf die geistigen Fähigkeiten von Schülern untersucht wurde (»The Effects of Summer Vacation on Achievement Test Scores: A Narrative and Meta-Analytic Review«, falls Sie sich im nächsten Urlaub endlich einmal wieder mit angelsächsischer Literatur beschäftigen möchten).

Den Wissenschaftlern zufolge wirft jede angefangene Ferienwoche die Schüler in ihren mathematischen und orthographischen Kompetenzen um mindestens einen Monat zurück, wobei der geistige Rückfall mit zunehmendem Alter sogar noch weiter ansteigt. Kurz gesagt: je älter, desto (urlaubs-)dümmer. Ein Effekt, den sich leider auch immer mehr skrupellose Kaffeefahrt- und Timesharing-Unternehmen zunutze machen, indem sie gutgläubigen Rentnern das wohlverdiente Altersruhegeld aus der Tasche ziehen.

Behandlungsmöglichkeiten und Prophylaxe:
Vorsorgende Maßnahmen:
1.) *Für Arbeitnehmer:* Notieren Sie sich vor den Ferien unbe-

dingt Ihre Passwörter im Büro sowie den Namen Ihres Vorgesetzten. Den Weg zu Ihrem aktuellen Arbeitgeber entnehmen Sie bitte der Firmenhomepage, die Sie sich vor der Abreise vorsorglich als Startseite abgespeichert haben.

2.) *Für Rentner:* Legen Sie mitunter eine gewisse Skepsis an den Tag, auch wenn sich das Angebot auf den ersten Blick noch so verlockend anhört.

Nachsorge: Hab ich vergessen.

Verwandte Krankheiten:
Cubalibrismus, Postkartendemenz, Vergesslichkeit

WESPENSTICH

(lat. choleria vespa)

Beschreibung:
Kompletter Kontrollverlust beim Anblick gelb-schwarz-gestreifter Insekten

Symptome:
Sie haben mehrere Achttausender bestiegen, diverse Bungee- und Gleitschirmflüge hinter sich gebracht und sind dem sicheren Tod bei ihren Antarktisdurchquerungen nur denkbar knapp von der Schippe gesprungen. Doch kaum gerät das kleinste Bienchen in ihr Blickfeld, mutieren die wagemutigen Draufgänger binnen Sekundenbruchteilen zu kleinkindhaften Memmen. Wie von Sinnen springen sie von ihren Sonnenliegen oder Stühlen auf

und vollführen schreiend ebenso hektische wie ungelenke Bewegungen, die nicht selten an modernen Ausdruckstanz erinnern. Ernsthafte Knochen- bzw. Bänderverletzungen sowie Kollateralschäden durch herumfliegende Gläser oder Teller nehmen sie während ihrer wilden Wespen-Abwehr-Zuckungen billigend in Kauf. Hauptsache, das Scheißvieh lässt sie in Ruhe – schließlich tut so ein Stich ja ganz doll weh, und wer weiß, ob man nicht doch vielleicht allergisch ist?

In schweren Fällen dieses sommerlichen Leidens geraten Betroffene bereits beim Anblick harmloser Stuben- oder Fruchtfliegen oder eines ihren Weg kreuzenden Borrussia-Fans in Panik.

Häufige Folgeerscheinungen:
Bemerken die Stechtierphobiker kurz nach dem Anfall die verwunderten bis amüsierten Blicke ihrer Miturlauber, neigen sie nicht selten zu maßlosen Übertreibungen. So wird aus einer Babyhummel in ihren erklärenden Ausführungen beispielsweise eine mindestens zwanzig Zentimeter große Riesenhornisse oder gar eine fliegende Vogelspinne.

Insgeheim wünschen sie sich in solchen Augenblicken wieder auf einen Achttausender zurück. Zwar herrschen dort eisige Kälte und unwirtliche Bedingungen, aber wenigstens gibt es keine Wespen.

Behandlungsmöglichkeiten und Prophylaxe:
Konfrontationstherapie, zum Beispiel durch einen Ferienjob in der hoteleigenen Konditorei

Verwandte Krankheiten:
Moskitismus, Streichelschwäche

ZEUGUNGSWAHN

(lat. procreatiose in situ, dt. Parismus)

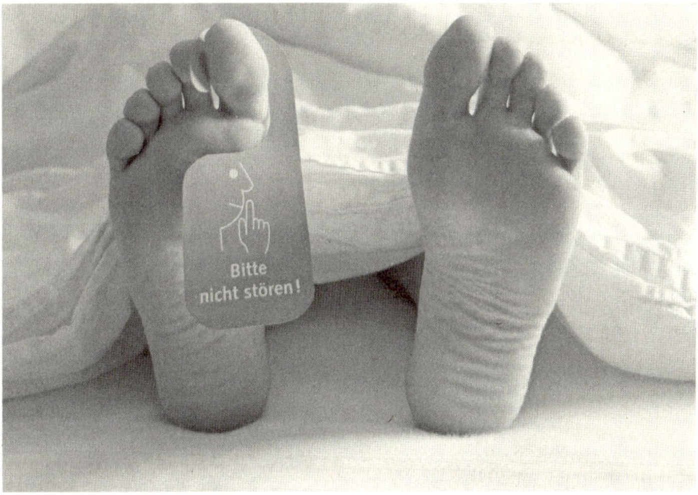

Beschreibung:
Hintergedanke, die anstehenden Urlaubstage (bzw. -nächte) nicht einzig und allein für »Erholungszwecke« zu nutzen

Erfolgschancen:
Laut einer Umfrage unter amerikanischen und britischen Kinderwunsch-Urlaubern liegt die Erfolgsquote für das eingangs erwähnte Unterfangen bei etwa drei Prozent. Der Legende

nach muss der Prozentsatz allerdings weitaus höher liegen. Immerhin hat fast jeder mindestens einen Menschen im Freundes- oder Bekanntenkreis, der von sich behauptet, im Urlaub gezeugt worden zu sein.

Häufige Folgeerscheinungen:
Sehen Sie im (nicht zu erwartenden) Erfolgsfall bitte davon ab, das Kind nach dem jeweiligen Zeugungsort zu benennen. Das machen zum einen nur Promis, zum anderen hören sich »Honolulu«, »Herford«, »Llanfairpwll-gwyngyllgogery-chwyrn drobwllllantysilio-gogogoch« oder »Krung Thep Mahanakhon Amon Rattanakosin Mahinthara Ayuthaya Mahadilok Phop Noppharat Ratchathani Burirom Udomratchaniwet Mahasathan Amon Piman Awatan Sathit Sakkathattiya Witsanukam Prasit« ziemlich bescheuert an. Bei Letzterem handelt es sich übrigens um den offiziellen Thai-Namen für Bangkok.

Abschließend sei noch erwähnt, dass es sich bei nicht ganz so gewollten Schwangerschaften im Urlaub als ziemlich nützlich erwiesen hat, vor der Abreise wenigstens noch den vollen Namen sowie die Heimanschrift des (oder der) potenziellen Erzeuger(s) zu notieren.

Verwandte Krankheiten:
Beischlaflosigkeit, Einzelbettfrust, Restless-Kids-Syndrom

ABREISE UND NACHWEHEN

DIA-RRHÖ

(lat. picturitis nervosa)

Beschreibung:

Unsitte, die Verwandten, Bekannten, Freunde und Kollegen nach der Rückkehr mit unzähligen Ferienbildern (bzw. -videos) zu Tode zu langweilen

Erscheinungsformen:

Leichte Form: Der Betroffene versucht zunächst, seinen kürzlich beendeten Urlaub möglichst beiläufig in eine laufende Unterhaltung einzubauen. Der ursprüngliche Inhalt des Gesprächs spielt dabei keine Rolle – eine mehr oder weniger gelungene Überleitung zum Thema Ferien findet er leider immer. Noch ehe sich das »Opfer« eine Ausrede für die sofortige Flucht ausdenken kann, fischt der Dia-Rrhötiker bereits sein Smartphone aus der Hosentasche und hält es seinem Gegenüber ungefragt unter die Nase: »Schau mal, hier sind Renate und ich gerade beim Nacktbaden …«

Mittlere Form: Der Betroffene meldet sich unmittelbar nach dem Urlaub per Rundmail bei allen Bekannten, Verwandten, Freunden und Kollegen zurück. Neben einer »kurzen Zusammenfassung« der vergangenen zwei Wochen (inklusive Speiseplan, Wetterbericht sowie einer ausführlichen Hotelbewertung) schickt er auch gleich »ein paar ausgewählte Urlaubsbilder« mit. Die Größe der Mail variiert in der Regel zwischen 20 und 50 Megabyte.

Schwere Form: Als »kleine Welcome-back-Party« getarnt, präsentiert der Erkrankte seine Ferienimpressionen im Rahmen einer mehrstündigen multimedialen Show. Neben den audiovisuellen Impressionen kommen auch informative Wortbeiträge über Land, Leute sowie die fremdartige Kultur nicht zu kurz. Dazu werden kulinarische Leckereien aus dem Urlaubsland gereicht. Zum Beispiel Pizza.

Behandlungsmöglichkeiten und Prophylaxe:
Für die Dia-Rrhötiker selbst: Auch mal im Stillen freuen.
Für Bekannte, Verwandte, Freunde und Kollegen: Meiden Sie die Betroffenen in den ersten vier Nachurlaubswochen, und markieren Sie ihre E-Mails vorsorglich als Spam.

Verwandte Krankheiten:
Fotografie, Marcopolismus, Wetterappismus

FERIGESSLICHKEIT

(lat. dementia vacanci)

Beschreibung:
Wo hab ich eigentlich ... Mist, das liegt noch im Hotel!

Symptome:
Bei der Ferigesslichkeit handelt es sich um ein vergleichsweise weitverbreitetes Reiseleiden – und um ein ziemlich ärgerliches noch dazu. Insbesondere wenn der Betroffene erst zu Hause bemerkt, was er versehentlich am weit entlegenen Urlaubsort zurückgelassen hat. Zu den am häufigsten in Hotelzimmern

vergessenen Gegenständen gehören laut einer Umfrage eines renommierten deutschen Onlineportals Handy-Ladekabel, T-Shirts, Socken und Bücher. Aber auch Kreditkarten, Kuscheltiere und Eheringe (zuweilen sogar zugehörige Partner) werden gerne im Feriendomizil zurückgelassen. Zu den eher skurrilen Fundstücken, die im Rahmen der Umfrage genannt wurden, gehörten hingegen Goldhamster, Staubsauger oder Holzbeine.

Der ehemalige New Yorker Bürgermeister Rudolph Giuliani vergaß einst sogar den streng geheimen Schlachtplan für seine Kandidatur bei der US-Präsidentschaftswahl 2008 in einem Hotelzimmer. Wie die Wahl am Ende ausging, dürfte hinlänglich bekannt sein.

Übrigens sollten Sie nicht darauf bauen, dass Ihnen vergessene Gegenstände ungefragt hinterhergeschickt werden. Schließlich müssen die Hotelbetreiber immer davon ausgehen, dass der daheimgebliebene Ehepartner nichts vom Hotelaufenthalt der Gattin bzw. des Gatten weiß. Womit wir auch schon wieder bei den Eheringen wären ...

Behandlungsmöglichkeiten und Prophylaxe:
Machen Sie vor der Abreise einen Kontrollrundgang, und inspizieren Sie dabei sämtliche Schränke und Schubladen ganz genau.

Verwandte Krankheiten:
Pa(ck)nik, Postkartendemenz, Urlaubsverblödung

HOMESICKNESS
(dt. Vier-Wände-Kolik)

Beschreibung:
Schockzustand beim Betreten der eigenen Wohnung nach mehrwöchiger urlaubsbedingter Abwesenheit

Auslöser:
Verdorrte Pflanzen, Ungezieferbefall, bestialische Gerüche durch vor der Abreise nicht geleerte Mülleimer bzw. versehentlich ausgesteckte Gefrierschränke, offen stehende Fenster oder Türen, fehlende Einrichtungsgegenstände

Symptome:
Fluchtgedanken, zum Beispiel zurück an den Urlaubsort

Behandlungsmöglichkeiten und Prophylaxe:
Hirn einschalten, bevor es auf Reisen geht! Im Detail: pflegeintensive Pflanzen (sowie gegebenenfalls Haustiere) zu den Nachbarn bringen, Mülleimer leeren, Fenster und Türen schließen. Und vor allem: nicht via Facebook öffentlich mitteilen, wie lange man weg ist bzw. dass der Ersatzschlüssel für Notfälle wie immer unter der Fußmatte liegt! Drücken Sie den Schlüssel stattdessen lieber einer Person Ihres Vertrauens in die Hand, und bitten Sie diese, während Ihrer Abwesenheit ab und an mal nach dem Rechten zu sehen. Mütter machen so etwas zum Beispiel sehr gerne. Mit etwas Glück sind nach dem Urlaub dann sogar die Wäsche gewaschen und gebügelt sowie der Kühlschrank mit Leckereien aufgefüllt.

Verwandte Krankheiten:
Heimweh, Pa(ck)nik, Wäschekoller

JETLAG

(dt. Düsenflugzeugzeitverschiebungsstörung)

Beschreibung:
Schwere Störung des inneren Tag-Nacht- bzw. Schlaf-Wach-Rhythmus, insbesondere nach Langstreckenflügen über mehrere Zeitzonen hinweg

Symptome:
Kommt ganz drauf an. Fliegen Sie in Richtung Westen (also auf der Landkarte nach links), bekommen Sie und Ihre innere Uhr ein paar Stunden geschenkt. Der Tag wird also subjektiv länger, was von den meisten Menschen als nicht ganz so schlimm empfunden wird. Geht man halt mal ein paar Stunden später ins Bett.

Problematischer wird es hingegen, wenn sich das Flugzeug ostwärts bewegt, beispielsweise von Hawaii aus zurück ins kalte Deutschland. Hier klaut Ihnen der fiese Jetlag nämlich wertvolle Stunden, mitunter sogar fast einen ganzen halben Tag. Wenn Sie sich gemäß Ihrer inneren Uhr also gerade auf das Mittagessen freuen, sagt Ihnen ein Blick auf das »echte« Chronometer, dass eigentlich längst Schlafenszeit ist. Ergo quälen Sie sich in die Horizontale, um sich bis 6.00 Uhr morgens hellwach und mit knurrendem Magen wild im Bett hin und her zu wälzen. Blöd, wenn dann eine Stunde später der Wecker klingelt, weil am ersten Tag nach der Rückkehr schon wieder die ungeliebte Arbeit ruft.

Häufige Folgeerscheinungen:
Müdigkeit, Appetitlosigkeit, mangelhaftes Konzentrationsvermögen

Behandlungsmöglichkeiten und Prophylaxe:
Gönnen Sie sich nach Langstreckenflügen unbedingt noch ein paar zusätzliche Urlaubstage zu Hause – vor allem, wenn das Urlaubsziel im Westen lag. Dann haben Sie genügend Zeit, um Ihre innere Uhr behutsam neu zu justieren. Außerdem schützen Sie die Kollegen damit vor Ihrer Jetlag-bedingten Unproduktivität und Übellaunigkeit.

Verwandte Krankheiten:
Post-Holiday-Syndrom

KILO-GRAM
(lat. adipositas ferii)

Beschreibung:
Schockzustand während und nach der Wiederinbetriebnahme der heimischen Personenwaage

Verbreitung:
Tritt regelmäßig infolge mehrwöchiger Aufenthalte in All-inclusive-Ressorts auf, häufig in Kombination mit ausgeprägtem Bewegungsmangel.

Erscheinungsformen:
Leichte Form: Die Differenz zwischen dem Vor- und dem Nachurlaubsgewicht beträgt zwischen einem und zwei Kilogramm.
Mittlere Form: Die Differenz zwischen dem Vor- und dem Nachurlaubsgewicht beträgt zwischen zwei und fünf Kilogramm.
Schwere Form: Die Waage muss kaputt sein!

Häufige Folgeerscheinungen:
Zu enge Hosen, ungewohnt straff anliegende Oberbekleidung, Frust(fr)essen

Behandlungsmöglichkeiten und Prophylaxe:
Während des Urlaubs: Hören Sie auf Ihr Hunger- bzw. Durstgefühl, und vergessen Sie bitte die Tatsache, dass ohnehin schon alles bezahlt ist. Insbesondere der Nachtisch sowie die Cocktails am Abend haben es ziemlich in sich. Zudem kann auch regelmäßige Bewegung nicht schaden. Damit ist allerdings nicht nur der Gang vom Tisch ans Buffet und wieder zurück gemeint.
Nach dem Urlaub: Ist das Ding ganz hinten in Ihrer Geldbörse nicht der Mitgliedsausweis für das Fitnessstudio, in dem Sie bereits seit Monaten nicht mehr gesichtet wurden? Schauen Sie doch einfach mal wieder vorbei – und zwar nicht nur auf einen kalorienreichen Eiweißdrink oder einen Flirt mit der Dame am Empfang.

Verwandte Krankheiten:
Adonie, Völlerei

POST-HOLIDAY-SYNDROM
(lat. morbus officii)

Beschreibung:
Akute Antriebs- und Interesselosigkeit nach den Ferien

Symptome:
Kaum sitzt der Betroffene am ersten Arbeitstag nach dem Urlaub wieder an seinem mit Papierbergen übersäten Schreibtisch, ist der Erholungseffekt der vergangenen zwei Wochen schon wieder dahin. Und dabei hat er die rund fünfhundert ungelesenen E-Mails, die sich in dieser Zeit in seinem Postfach angesammelt haben, bis dato noch gar nicht entdeckt.

Experten schätzen, dass rund 35 Prozent aller Arbeitnehmer unter ernsthaften Eingewöhnungsschwierigkeiten leiden, welche oftmals mit physischen und psychischen Symptomen wie Müdigkeit, Konzentrationsstörungen oder erhöhtem Puls einhergehen. Weitere Anzeichen sind extreme Gereiztheit sowie die latent im Kopf herumschwirrende Frage: »Was mache ich hier eigentlich?«

Wie lange das Post-Holiday-Syndrom anhält, hängt hauptsächlich von der Zufriedenheit der Betroffenen in ihrem Job ab. Ist diese hoch, ist mit einem Abklingen innerhalb weniger Stunden oder Tage zu rechnen. In schwereren Fällen endet die

Erkrankung jedoch frühestens mit dem Beginn der nächsten Ferien.

Behandlungsmöglichkeiten und Prophylaxe:
In leichten Fällen: Augen zu und durch – der nächste Urlaub kommt bestimmt!
In schlimmeren Fällen: Jobwechsel

Verwandte Krankheiten:
Jetlag, Happy Holidaying

STEIGENBERGER-SYNDROM
(gr. mopsiasis hotelaris, engl. longfinger holiday disease)

Beschreibung:
Mehr oder weniger versehentliches Einpacken hoteleigener Gegenstände vor der Heimreise

Erscheinungsformen:
Leichte Form: Handtücher, Bademäntel, Stoffpantoffeln
Mittlere Form: Inhalt der Minibar, Nachttischlampen, Bettwäsche
Schwere Form: Fernseher, Waschbecken, fest verschraubte Möbelstücke, Angestellte

Verbreitung:
Laut einer Umfrage eines großen deutschen Touristikportals

hat weit über die Hälfte aller Reisenden bereits mindestens einmal etwas aus dem Urlaubsdomizil mitgehen lassen. Hierbei handelte es sich vorwiegend um Badutensilien, Stifte, Zeitungen oder Handtücher. Aber auch ausgefallenere Gegenstände wie Teppiche, Gardinen, Zimmernummern, Toilettensitze oder Matratzen sind offenbar nicht vor kleptomanischen Urlaubern sicher. Den Vogel schoss allerdings der Langfinger ab, der es tatsächlich geschafft hat, ein ganzes Piano aus der Lobby eines amerikanischen Hotels zu entwenden. Unbeobachtet, wohlbemerkt.

Im internationalen Steigenberger-Syndrom-Vergleich schneiden die deutschen Touristen mit Platz 19 übrigens eher mittelmäßig ab. Die ehrlichsten Urlauber kommen der Studie zufolge aus Dänemark und den Niederlanden. Bei Reisenden aus Mexiko oder Kolumbien ist für die Hoteliers hingegen allerhöchste Vorsicht angesagt.

Behandlungsmöglichkeit:
Alles einfach dort lassen, wo es hingehört – selbst wenn im Koffer noch reichlich Platz ist. Ihnen wäre es schließlich auch nicht recht, wenn nach der Rückkehr in Ihre Wohnung plötzlich Ihr Fernseher oder Ihre Matratze fehlen würden.

Verwandte Krankheiten:
Zollwut

URLAUBSREVIVALIE

(lat. memoritis gaudi, dt. Weißt-du-noch)

Beschreibung:
Zumeist von bescheidenem Erfolg gekrönter Versuch, die Urlaubsglücksgefühle im eigenen Zuhause wiederaufleben zu lassen

Symptome:
Der Wein war lecker, die Merengue-CD, die im Hotelrestaurant in Endlosschleife gespielt wurde, tiefenentspannend und der Duft der allgegenwärtigen Räucherstäbchen einfach nur betörend. Was läge also näher, als ein paar Flaschen des exotischen Rebensaftes nebst einer Packung Räucherstäbchen in den Koffer zu packen und die CD noch am Urlaubsort beim Online-Versandhandel des Vertrauens zu bestellen (WLAN sei Dank)? Immerhin lässt sich damit zumindest ein Teil des Urlaubsgefühls über den kalten Winter hinweg oder bis zu den nächsten Ferien aufrechterhalten.

So weit die Theorie. In Wahrheit schmeckt der Wein zu Hause nach Essig, und die nervige CD landet spätestens nach dem zweiten Durchgang in der Mülltonne. Dort triff sie übrigens auch die Räucherstäbchen wieder, die dort bereits seit kurz nach der Rückkehr ein ziemlich tristes Dasein fristen. Aber bevor sie mit ihrem penetranten Gestank noch die ganze Wohnung verpesten …

Ursache:
Viele Reize werden im Urlaub komplett anders auf- bzw. wahrgenommen als zu Hause. Dies kann unterschiedliche Gründe

haben. So ist zum Beispiel am Meer der Salzgehalt der Luft bedeutend höher. Hierdurch nehmen Sie logischerweise mehr Salz auf als zu Hause, was Speisen und Getränke gleich ein wenig anders schmecken lässt. Zudem spielt auch die Psyche eine große Rolle. Schließlich sind Sie im Urlaub (normalerweise) deutlich entspannter als daheim. Das kann dann unter anderem Auswirkungen auf den Musikgeschmack haben.

Andersrum funktioniert der Effekt übrigens ebenfalls. Etwa mit von zu Hause mitgebrachter Arbeit. Die ist am Ferienort tatsächlich noch nerviger als zu Hause.

Behandlungsmöglichkeiten und Prophylaxe:
Behalten Sie die Dinge so in Erinnerung, wie Sie sie vor Ort wahrgenommen haben. Alles andere bringt nix.

Verwandte Krankheiten:
Post-Holiday-Syndrom, Souvenirie

WÄSCHEKOLLER

(gr. lavamitis)

Beschreibung:
Ungemein zeitraubende Nachbereitung des Urlaubs. Das bisschen Wäsche macht sich eben doch nicht von allein.

Ursache:
Es ist immer wieder erstaunlich, wie viele Klamotten in einen Koffer passen. Erst recht, wenn sich diese nach der Heimkehr – fein (un-)säuberlich nach bunt und weiß getrennt – in meterhohen Bergen vor den Exurlaubern stapeln. Blöd nur, dass selbst die in den Ferien nicht getragenen Kleidungsstücke nach altem Hotelschrank müffeln und deshalb ebenfalls dringend eine Reinigung benötigen. Somit verbringen die Betroffenen die ersten Tage nach ihrer Rückkehr vorwiegend zwischen Waschküche, Trockenraum und Bügelzimmer, was einer mittel- bis langfristigen Konservierung des Erholungseffekts jedoch nur begrenzt dienlich ist.

Sind die Textilgebirge dann irgendwann endlich gereinigt, aufgebügelt und ordnungsgemäß verstaut, droht bereits neues Ungemach. Und zwar in Form eines weiteren Wäschebergs, der sich zwischenzeitlich angesammelt hat.

Verbreitung:
Obwohl sich unsere Gesellschaft offiziell in einem Stadium der gelebten Gleichberechtigung befindet, bleibt die Wasch- und Bügelarbeit immer noch größtenteils bei den Damen der Schöpfung hängen. Es kann eben nicht jeder auf so viel Unterstützung hoffen, wie sie den Ehefrauen der Mathematiker des »Boston Institute of Mathematics« zuteilwurde: Im Rahmen einer Langzeitstudie stoppten ihre Männer die Zeit mit, die ihre besseren Hälften vom Auspacken der Dreckwäsche aus dem Koffer bis zur Rückführung des letzten mitgenommenen Kleidungsstücks in den heimischen Kleiderschrank benötigten. Darüber hinaus erfassten sie eine Vielzahl weiterer Informationen wie das Gewicht pro Waschladung oder die durch-

schnittliche Aufteilung in Weiß- und Buntwäsche. Nach intensiver Analyse des Datenmaterials stellten die Wissenschaftler fest, dass die Bearbeitungsdauer hauptsächlich von der Anzahl der mitreisenden Personen, der jeweiligen Reiselänge sowie der Anzahl an Wäschetrocknern im Haushalt abhängt. Die für die komplette Aufarbeitung der Urlaubswäsche benötigte Zeit in Tagen lässt sich demnach wie folgt berechnen:

$$\frac{\sqrt[s]{n * p^2}}{1 + t}$$

n = Reisedauer in Tagen

p = Anzahl mitreisender Personen

t = Anzahl der im Haushalt vorhandenen Kondens- oder Ablufttrockner

Nach einer siebentägigen Reise einer vierköpfigen Familie dauert es ohne Trockner also im Schnitt rund fünf Tage, bis das damit verbundene Wäsche-Chaos wieder vollständig beseitigt ist. Soll noch einer behaupten, Männer interessierten sich nicht für den Haushalt.

Behandlungsmöglichkeiten und Prophylaxe:
Weniger einpacken, Urlaub im Nudistencamp

Verwandte Krankheiten:
Eventualgie, Homesickness

ZOLLWUT

(lat. importose maximum)

Beschreibung:

Durch übereifrige Grenzbeamte hervorgerufene Schweißausbrüche und Panikattacken, häufig verbunden mit schmerzhaften monetären oder juristischen Konsequenzen

Verbreitung:

Die Zollwut tritt insbesondere während bzw. unmittelbar nach der Rückreise aus Gebieten mit einem vergleichsweise niedrigen Preis- und/oder Umsatzsteuerniveau auf, beispielsweise aus Thailand oder den Kanaren.

Laut einer Umfrage eines großen deutschen Flugbuchungsportals aus dem Jahr 2013 halten es rund 16 Prozent der Bevölkerung (also über sechs Millionen Bundesbürger) mit den gesetzlichen Einfuhrbestimmungen nicht ganz so genau. Besonders negativ fielen dabei Urlauber aus Hamburg, Bremen und Baden-Württemberg auf. Als Streber (oder ausgebuffte Lügner) entpuppten sich hingegen die Einwohner Mecklenburg-Vorpommerns, von denen bislang angeblich nur magere 6 Prozent einschlägige Schmuggelerfahrungen gesammelt haben wollen.

Erscheinungsformen:

Leichte Ausprägung: Zwei Stangen Zigaretten, vier Flaschen Schnaps, ein halber Liter Parfüm

Mittlere Ausprägung: Elfenbein, Schlangenleder, gefälschte Markenbekleidung, Viagra

Schwere Ausprägung: Drogen, Waffen, Steine, ggf. Menschen

Behandlungsmöglichkeiten und Prophylaxe:
Erwischt werden

Verwandte Krankheiten:
Steigenberger-Syndrom, Souvenirie

SCHLUSSWORT

Am Ende steht wie immer der Dank.
Und dieser gebührt in erster Linie all meinen Mitreisenden in den vergangenen Urlauben. Künftig werde ich euch nicht mehr so genau beobachten, versprochen!

Ebenso möchte ich mich bei allen auf den zurückliegenden Seiten erwähnten Amts-, Land- und Oberlandesgerichten bedanken, die mit ihren zum Teil höchst amüsanten Urteilen eine große Inspirationsquelle für mich waren.

Last, not least ein herzliches Dankeschön an diejenigen Personen, ohne die es dieses Buch nie gegeben hätte: Holger Kuntze, Petra Eggers, Mareike Neukam, Sabine Niemeier und Martina Lauterbach.

Sowie natürlich auch an meine komplette Familie. Ich werde beim nächsten Urlaub selbstverständlich kurz durchklingeln, sobald wir gut im Hotel angekommen sind! Zumindest, wenn ich es nicht schon wieder vergesse ...